은화(銀貨)를 입에 문 물고기

차례

- 008   사람의 영토
- 010   6만년의 섬
- 023   은화 물고기
- 033   사마리아 여인
- 044   바다로 간 포유류
- 050   빙하기 인간
- 055   사소한 민족
- 064   주머니에 넣은 겨울
- 077   오래된 책
- 093   샤론의 장미
- 097   결혼을 합시다
- 161   고등어 문장
- 165   엠마오로 가는 길
- 173   신의 휴일
- 189   졸혼
- 198   만찬을 위한 부족

별지 : 이종희 신간 장편소설 목록

작가의 말

국내 유명 서점들과 인터넷서점 그리고 pbook(전자책)으로 소개되고 있는 작가의 新刊長篇小說 《신의 나라 토마스》, 《크리스마스 목가》, 《잎새 시계》, 《샤갈선생》, 《네모 행성》, 《푸른 말 호박등불》 그리고 《성자의 낙서》을 사랑해주시는 독자들과 문우들의 격려에 깊은 감사를 드린다.

상기 소설들은 국내의 대형서점을 통하여 유통되고 있으며 그 밖에도 인터넷 색인을 통하여 제목만 클릭하면 자세한 정보를 얻을 수 있고, 모두 전자책으로도 제작이 되어 바쁘게 살아가는 독자들까지 쉽게 접할 수 있도록 하였다. 제주도와 산간벽지, 전국의 국공립 도서관에도 비치가 되어 독자들을 만나고 있다.

오랜 친구인 독자들의 성원에 감사하는 마음으로 작가의 여덟 번째 신작 장편소설 《은화를 입에 문 물고기》를 출간하게 되었다.

소설의 무대가 되는 '6만년의 섬'을 에워싼 바다에는, 육지와는 달리 강력한 부력이 작용한다. 그것은 지상의 것에 한정된 악의 중력에 반해 부상하려는 힘으로, 이 신비의 바다에 속해있는 동안은, 무거운 멍에도 가볍게 느껴지고, 큰 배도 둥실 물위에 떠올라 먼 길도 항해 할 수가 있다. 우리는 누구나 물 위를 걷는 사람이 될 수 있다.

  우리는 혼자 밥 먹는 '혼밥' 그리고 '졸혼卒婚'을 말하는 시대에 살고 있다. 외로움의 속을 들여다보고 싶었다. 미움일까? 아니면 욕심 때문일까? 고독의 원인이 무엇이라고 생각하는가? 당신을 '6만년의 섬'에 초대한다.

2017년 부활절 즈음에

은화를 입에 문 물고기

사람의 영토

사람의 영토는 원래 텅 비어있었다. 영토가 무엇으로 채워지느냐에 따라서 영토를 상징하는 문장紋章에 그려질 여러 가지의 문양과 도형이 결정되기로 약속되어 있었다. 처음으로 영토에 정착한 거룩한 사람들의 문장紋章은 신비스러웠지만 일반에게는 널리 알려지지는 않았다.

'6만년의 섬'이라고 이름 지어진 '사람의 영토'에서는 금이나 보석들을 모두 쓰레기로 보았고, 땅에 속한 것들에 그다지 집착 하지 않았다. '거룩한 생각'은 욕심과 욕정 그리고 교만과 같은 지상의 중력의 영향을 받지 않음으로써 자유로웠고 그 결과로 물 위를 걷는 것이 가능하다는 결론에 도달했다. 그러나 지상의 것과, 영원한 생명 가운데 어느 것을 선택하느냐는 전적으로 사람들의 자유의지에 맡겨질 수밖에 없었고 영원한 생명의 부력이 중력을 이길 때 사람들은 자유롭게 물 위를 걸어갔다.

한편 거주자들은 인간적인 약점도 가졌다는 표식으로, 시몬 베드로의 수탉 문양이 아로새겨진 문장과, 동족을 나타내는 물고기가 그려진 문장을 성루 여기저기에 드높이 내걸었다.

이곳은 동물이나 파충류와는 구별이 되는 사람이 살아가는 영토였다. '거룩한 섬'은 6만년 동안이나 외부와 단절된 채로 살아온 사람들만의 시간과 공간이기도 했다. 그것이 바로 '고립된 성城'을 의미하는 것이라고 말하는 이도 있었지만 사람들은 외로운 시간들을 버티어 나갔으며, 그 결과로 사람의 영토는 조금씩 희망으로 넘쳐났다. 그리고 그 희망은 누군가의 희생과 피로인한 것이었다고 모두들 인식하고 있었다. 사람들은 또한 '자신들은 사랑받았으므로 잘 살아야한다'는 결의를 한 채 하루하루를 살아가는 것만 같았다. 그리고 '베드로'를 상징하는, 두 개의 열쇠를 든 인물에 대해 긍정적인 해석을 하는 것으로 미래를 밝게 예측하는 것이었다. 천국의 열쇠를 쥐고 있다고 알려진 베드로라는 별명의 성주城主는 성문 앞에서 몇 가지 질문을 할 것이며, 이때 사람들은 당당하게 지나온 길을 말할 수 있어야 한다는 것이었다.

  한편 물위를 걷는 베드로는 인간 이상의 힘을 발휘할 수 있다는 것을 보여주는 상징이 되어버렸고, 세상을 초월하는 영원성을 껴입는 자의 모습이기도 했다.

6만년의 섬

대학 새내기인 준석이 외로운 이들과 함께 밥을 먹는 모임을 구상한 것은 단순한 호기심 때문이었다. 대학에 입학한 이래로 같은 과의 동기생들, 선배들 그리고 동아리 친구들과 쉴 사이 없이 부대끼며 생활해온 준석으로서는 외롭다기보다는 오히려 곁에서 후후, 숨 쉬며 다가오는 사람들이 지겨워지기 시작했다. 가끔 조용히 혼자 지내기를 바랐지만 언제나 준석의 주위에는 사람들이 모여들었다. 이럴 즈음 신문과 방송 르포에서 '혼자 밥 먹는 사람들' 시쳇말로 '혼밥족'에 대한 기사를 접하자 '도대체 어떤 사람들일까?'라는 궁금증과 아울러 외로움의 실체와 맞부딪치고 싶다는 충동에 사로잡혔다. 인간들 속에서 번잡하게 살아온 준석이 이질적인 사람들과 대화를 나눌 수 있고, 그럼으로써 소요스러운 일상이 순화되는 지점을 찾을 수 있겠다는 단순한 생각이 혼자 밥을 먹는 사람들이 모여서 함께 저녁밥을 지어 먹는 모임, '6만년의 섬'을 개원하게 된 동기였다.

인도양의 한 가운데에 위치한 노스센티널 섬은 6만년 동안이나 외부와 접촉이 없이 고립된 채로 고유의 문화를 유지하며 고대 부족이 살아왔다. 그들은 교류를 원하는 인간들에게

극도로 배타적이며 호전적이어서 그 누구의 접근도 허락하지 않았다. 그 결과로 인도양에 위치한 이 고대의 격리된 섬은 오염되지 않은 고대문명의 신비가 살아 숨 쉰다. 고립적이며 고유하며 신비롭다는 것이 준석의 흥미를 불러일으켰다.

준석은 대학에 입학한 이래로 줄곧 운영해온 수학교습소 건물의 일부를 개조하여 여러 명이 식사를 준비할 수 있는 제법 넓은 주방을 꾸미고 노스센티널 섬의 기원에서 착안하여 이 모임을 '6만년의 섬'이라 명명했다.

밥을 지어 주방의 가운데 놓인 기다란 직사각형의 식탁에 둘러 앉아 함께 식사를 하는 것이 전부였다. 간혹 서로 말 한마디 없이 밥만 먹는 경우도 있었지만 억지로 말을 시키는 경우는 없었다. 사람들은 조개처럼 좀처럼 입을 열지 않았고 딱딱한 껍질로 자아를 덮어 비밀을 유지하려고 했다. 6만년 동안이나 정신적인 은둔자로 살아온 자들이었다. 처음 얼마동안 섬은 고요했다.

#

함께 밥 먹는 모임에 관심을 보이던 사람들이 밀물처럼 몰려들었다가 한 사람, 두 사람 빠져나가고, 모임을 시작한지 한 달이 지나자 준석을 포함하여 일곱 명만이 섬에 남게 되었다.

작은 사건이 있었다. 꿈이나 운세를 전혀 믿지 않을 뿐만 아니라, 심지어 그런 것들을 신봉하는 태도마저 바람직하지 않은 것으로 혐오해마지 않는 준석으로서는 뜻밖의 일이었지만, 섬을 개원한지 일주일쯤 되었을 때 이상한 꿈을 꾸었다. 그리고 꿈은 너무나 생생해서 한동안 준석의 뇌리를 떠나지 않았다.

ㅡ케파(Kepha는 베드로 곧 바위라는 뜻)야, 잘 들어라, 너희 가운데 '사람의 아들'이 있다.

꿈속에서 말하는 이는 얼굴은 보이지 않았고 다만 눈부신 광채만이 느껴졌다. 그러나 눈곱만큼도 걱정도 할 필요는 없었다. 이럴 경우 준석은 주저하지 않고 꿈을 완전하게 무시해 버림으로써 단숨에 스스로를 이지적이며, 꿈이나 미신을 전혀 믿지 않는 지성인의 반열에 드높이 올려놓는 것이었다.

모임의 운영은 단순했다. 예산의 범위 내에서 당번을 정해 장을 보고, 모두 함께 저녁 식사를 준비한다. 처음 얼마동안은 모두 약속이라도 한 듯 너무 말이 없었기 때문에, 준석은 식사를 하는 동안 나눌 이야깃거리도 준비하기로 했다.

ㅡ 코모도왕도마뱀에 대해 들어보았나요? 몸길이가 3미터에 이르는 엄청난 놈이에요. 몸무게도 성인 어른 만큼 되죠, 그리고 사납기까지 해서 사슴이나 다른 포유류까지 사냥을 해서 잡아먹죠. '6만년의 섬'에도 비슷한 종류의 사나운 대형 파충류가 살고 있다고 해요.

준석이 잠시 말을 멈추고 주위를 돌아보자 사람들은 일제히 고개를 돌려 준석을 쳐다보며 그 다음 이어질 설명을 기다렸다.

— 소름이 끼치는 일이지만, 사람이 표적이 될 경우 녀석의 포위망을 벗어나기란 쉽지 않아요. 녀석은 사자처럼 날쌔고 악어처럼 강하며 독사처럼 맹독을 지니고 있어요.

준석의 의도는 적중했다. 섬의 고독하고 위대한 인류들은 모두 준석에게 시선을 뺏기고 있었다.

— 파충류의 특성상 후각까지 발달했을 게 분명해요, 뱀처럼 말이에요. 멀리서도 사냥감의 냄새를 알아차린다면 치명적일 텐데요?

그렇게 처음 말문을 연 남자는 눈매가 매섭게 보이는 도치였다.

— 천적이 없겠어요, 도마뱀의 침 속에 맹독이 있다는 이야기를 들은 적이 있어요.

도치의 말에 맞장구를 치며, 전직 산부인과 의사이며 현재는 호스트바에서 남성접대부로 일하는 희수가 좀 먼데 있는 냉이 무침을 젓가락으로 집었다. 그러나 이때 보라는 갑자기

식욕이 달아나고 말았다. 어젯밤 남자는 도마뱀처럼 보라의 여성기를 혀로 핥았으며, 남자의 침과 보라의 질속에서 흘러나온 쌀뜨물 같은 마중물이 합쳐진 결과로 한동안 보라의 성기 주위가 끈적거리는 기분이었다.

ㅡ 맹독이라기보다는 침 속에는 병균이 득실거리는 거죠, 놈에게 물리면 온 몸으로 병균이 퍼져 살아나기 힘들어요.

남자가 입술로 보라의 클리토리스를 물던 감촉이 되살아났다. 그리고 도마뱀처럼 길고 뾰족한 혀를 질속 깊숙이 찔러 넣으려 했던 것도 기억해냈다. 몸속으로 온갖 병균이 돌아다니는 상상을 했다. 그러나 도마뱀에게 물려 죽는 순간에도 오르가즘처럼 온 몸에 경련이 일어나며 황홀할까를 생각했다. 보라는 남자의 혀가 꽃잎사귀를 애무하는 동안 두 다리를 도마뱀의 몸통처럼 만들어 남자의 목을 감았다. 남자의 코가 클리토리스를 문지르던 감촉도 되살아났다. 남자와의 정사는 분명 불쾌한 것이었지만 보라는 절정을 느꼈다.

ㅡ 우리의 식탁주변에는 코모도왕도마뱀 따위가 얼씬할 수 없어요, 무서워할 필요가 없다는 거죠. 우리는 밥만 먹을 게 아니라, 좀 더 떠들어 댈 필요가 있어요. 우리 모두 약속하기로 하죠, 누가 어떤 말을 하더라도 비판만 앞세우지 말고 격려해주는 걸로.

준석의 이런 위로에도 불구하고 식탁에 둘러앉은 식구들은 하이에나와 표범, 악어 그리고 독사를 합친 것 같은 코모도왕도마뱀이 섬의 곳곳에 그리고 섬을 에워싼 바다에 득실거렸음을 상기했다. 그 공포를 피해 홀로 살아가기를 택했다. 사실 그들이 사람을 피했다기보다는 일상으로 사람을 만났지만 마음을 열지 않았거나 열 수 없었다는 표현이 적절할 것 같았다. 한편으로 고립적인 상황에 있으면서도 고결한 인간의 족속으로, 탁월하고 남과 구별되는 행복을 누려왔다고 자위하는 것이었다. 섬의 거주자들은 비록 강한 근육과 이빨을 지니지 않았고 더 날랜 발을 가지지는 않았을지라도, 뛰어난 지능으로 만물을 발아래 굴복시키고 말았다. 그러나 분명히 모순적이게도 이런 자만심과 배타성이 쉽게 '파충류'라고 잘못 간주해버린 타인을 매몰차게 대하는 것을 정당하게 보이도록 호도하고 말았다.

보라는 시계를 보았다. 잠복을 나갈 시간까지는 아직 여유가 있었다. 불황의 위기에도 사업을 접지 않고 살아남은 룸살롱에는 일을 하겠다는 여성지원자가 많았다. 보라는 거물정치인과 뇌물수사망에 걸린 기업가들이 강남 모처의 룸살롱에 모인다는 정보를 접하고 가슴이 두근거렸다. 호스티스로 변장하여 잠복을 한다는 것이 망설여지기도 했지만 포기할 수는 없는 노릇이었다. 이런 모험적인 과정을 거친 후라면, 범인을 검거하는 것은 단지 시간문제로 보였다. 보라의 예상은 적중하는 듯했다. 그들이 나누는 적나라한 이야기를 수사과장 보라가 직접 귀로 들었다.

밤을 함께 보낸 남자는 누구나 아는 국민 엄친아로서, 재벌인 아버지와 유력정치인 가문의 외동딸을 어머니로 둔 젊은 국회의원이었다. 호텔을 나서기 전 그는 보라에게 수표를 내밀었다. 보라가 그의 뺨을 두 차례나 후려 친 뒤에서야 그는 '이 여자가 누구인가?'라는 표정이 되었다.

― 돈은 필요 없어, 나도 섹스를 원했거든, 남자만 여자를 선택하고 간음할 수 있다고 생각하진 마.

룸살롱 잠복근무는 강력계 여형사들의 몫이었지만 보라는 현장을 뛰는 것이 좀 더 적성에 맞는다는 오해를 하고 있었다. 격무에 시달린 몸을 이끌고 아무도 반기지 않는 오피스텔로 돌아가 혼자 저녁을 먹는 것보다는 '6만년의 섬' 저녁식사 함께하기 모임에서, 비록 처음 대하는 사람들일지언정 어울려 밥을 지어먹는 것이 쓸쓸함을 달랠 수 있는 보다 나은 선택으로 여겨졌다. 룸살롱 호스티스라고 섬의 구성원들에게 자기소개를 했다.

― 대학을 졸업하면 호스티스는 그만 두려고 했어요, 지금은 순경시험을 준비하고 있어요, 몇 차례 떨어지고 말았지만.

굳이 신분을 속이려는 의도는 아니었지만, 대학4학년 때 사법고시에 합격하고 지금은 경찰에 몸을 담고 있다고 털어놓는 것이 오히려 섬 식구들을 불편하게 할 거라는 생각에서였다.

보라는 다만 외롭지 않게 식사를 하고 싶었다.

식사를 끝내고 모두 함께 설거지를 했다. 섬의 규칙이었다. 인근의 마트에 가서 찬거리를 사오는 당번을 제외하고는 조리나 식사 그리고 심지어 설거지도 따로 당번을 정하지 않기로 했다. 섬 안에서 '혼자서 하는 모든 행위'는 가장 지독한 죄에 속했다. 몇몇 이견異見을 보이던 식구들도 준석의 말에 수긍하며 꼬리를 내리고 말았다. 그리고 '혼자서 할 바에야 섬이 존재할 필요가 없지'라고 모두들 마음으로 중얼거렸다. 섬에서의 금기는 '참을 수 없이 고독한 모든 행위'였다.

한편 섬의 부족원 가운데 한사람인 도치는 살아오는 동안 사람들과 부대끼며 함께 생활했기에 혼자 있을 시간이 별로 없었다. 보육원과 소년원 그리고 교도소까지, 옷깃이 스칠 수 있을 정도로 가까운 곳에 늘 생명체가 있었다. 그러나 인간적인 교류를 한다거나 친밀감을 느낄 수가 없었다는 점에서, 색다르고 특별한 고독에 휩싸인 채로 살아왔다. 도치는 상자 안의, 날 수 없는 연이었다. 날아가고 싶어 하는 수많은 연들과 상자 속에 갇혀있었다. 공기는 희박했고 공간은 비좁았다. 그가 상자를 열고 나왔을 때 광활한 대지에는 푸른 공기가 넘실거렸지만 이미 날개가 부러지고 꼬리가 찢긴 연이라고 자책했다. 도치의 최근까지의 화두는 '아직도 내게 희망이라는 것이 남아 있을까?'라는 것이었다. 좀 지난 일로, 도치는 법대 강의실을 드나들며 도강을 일삼았다. 학생들은 도치를 복학생이라고 여겼다. 그가 어느 날 말없이 사라졌을 때 학생들은 도치가 가정형편으로 휴학을 했거나 고시를 준비하게 위해 절로 들어갔을 거라 지레 짐작을 하는 것이었다. 그리고 도치는 얼마 후, 출소를 하고 다시 그들의 곁으로 돌아왔다. 안면을 익힌 학생들이 상급학년이 되고 고시에 합격했을 때 도치는 이미 그들에게 그다지 친밀하지는 않지만 아는 복학생으로 인식이 되어있었다. 도치는 국립대학을 졸업한 능력 있는 변호사로 행세하며 여러 명의 여자에게 결혼을 미끼로 사기를 쳤다. 죄로 에워싸여 있고 그로인해 외로운 그에게 '6만년의 섬'에 관한 소식이 들려왔다.

 설거지를 마치고 식탁에 다시 둘러앉았을 때 도치의 눈앞에는 수의囚衣가 아닌 형형 색깔의 화려한 여러 개의 서로 다른 문양이 눈에 들어왔다. 이질적인 것, 도치가 아닌 것, 죄가 아닌 것. 아마도 도덕적일 것만 같은 사람들의 문양이었다. 열 개도 넘는 죄의 목록이 도치의 과거였다. 그러나 도치의 마음에 내재한 어두운 죄의 빛깔들을 한 겹만 벗겨내면 천연색의 밝은 문양, 인간 본연의 지나치게 선하고 유약한 본성이 드러났는데, 실제로 그는 모든 인간들이 그러하듯이 선과 악의 양면을 지녔을 뿐이었다. 마치 칼로 어두운 색을 벗겨내자 그 속에서 원래의 순박한 노랗고 파랗고 더욱이 빨간 원색의 밑그림이 나타난 것이나 같았다. 그리고 외롭게 혼자 밥을 먹어야만 했던 지난날을 극복하기 위해 섬에 모여든 구성원들 가운데 도치가 알고 있는 한 사람이 있었다. 그녀는 신비스럽고 한편으로 사람을 끄는 모호한 매력이 있었지만, 그 밖에도 도치가 확신하는 것은 보라는 호스티스가 아니라는 것이었다. 법대생들 사이에서도 천재로 소문이 났던 그녀를 도치는 어렴풋이나마 기억해냈다. 도치는 법대강의를 도강했을 뿐 아니라 그녀마저 훔쳐보았다. 그녀가 언제 어떤 표정을 짓는지, 몸의 어느 부위가 가장 아름다운지 알고 있었다. 그가 알아낸 보라의 놀라운 신체적 특징이 있었다. 몸에 달라붙는 원피스나 스커트를 입었을 때 판판하게 펴진 스커트에 저항하며 그녀의 둔덕이 볼록하게 융기해 도드라져 보인다는 사실이었다. 이런 발견은 스스로 생각하기에도 음란광적인 본성이 발휘된 특이하고 예리한 관찰의 결과였다. 그래서 도치의 뇌리에 보라는 여성기가 다소 발달한, 그러나 지나치게 도도하며 잘난체하는 여자로 각인되어있었다.

  도치는 그녀가 장관의 숨겨진 딸이라는 사실을 우연히 알게 되었다. 장관에게 내연녀가 있었고 딸이 있다는 것은 공공연한 비밀이었지만, 다만 호사가들도 보라가 바로 그 물의를 일으킨 장관과 내연녀의 사이에서 태어난 딸이라는 사실을 모를 뿐이었다. 보라는 연수원과정을 마치고 판사가 되기를 원했지만 당시 그녀의 아버지인 장관은 수뢰죄로 교도소에 수감되어 있었다. 도치 역시 강간 미수라는 명예롭지 않고, 본인이 생각하기에 너무나 억울한 죄목으로 형을 살고 있을 때였다. 장관은 도치가 저지른 사건의 담당 검사이기도 했다.

#

  '6만년의 섬' 족장 준석 베드로—섬의 구성원들은 준석을 모임의 우두머리라는 의미로 '베드로'라는 별명을 지어 불렀다—는 오늘 모임에서 한마디 말도 하지 않은 채 듣기만 했던 나머지 대부분의 식구들에 대해 약간은 우려하는 마음이 생겨났다. 그리고 어떻게 그들의 마음을 열어 대화에 나서도록 할 수가 있을지 고민하고 있었다. 지금껏 보아온 준석 주위의 친구들은 '6만년의 섬' 식구들과는 달랐다. 그들은 오히려 지나친 자존감으로 가득 차 교만하며, 자신을 드러내기에 주저하지 않았다. 그래서인지 외로움과 갑자기 맞닥뜨리게 된 이질감이 준석을 불안하게 했다. 한편으로는 '6만년의 섬'을 공연히 시작했다는 후회가 밀려왔다. 식사를 마치고 사람들이 하나 둘 돌아가고 나자 소년이 뒷정리를 하는 모습이 보였다. 소년은 가스밸브가 잠겼는지 점검하고 주방과 교습소의 스위치를 모두 내려 불을 끄고 구석에 마련된 침실로 들어갔다. 그전에 소년은 준석에게 가벼운 눈인사를 했다. 준석은 조만간 아파트를 정리하고 교습소가 있는 이 건물을 구입하는 문제를 아버지와 상의해야겠다고 생각했다. 스무 척이나 되는 배를 소유한 아버지는 같은 해 통영에서 유일하게 서울의 국립대학에 입학한 아들을 자랑스러워했다. 그로서는 사소한 배려였겠지만, 입학과 때를 맞추어 강남에 제법 넓은 아파트를 마련해주었다. 하지만 수학교습소는 세를 얻은 관계로 준석이 매달 꼬박꼬박 월세를 내야만 했다. 차라리 아파트를 매각하고 그 돈으로 지하에는 카페가 자리 잡고 있고 1층에는 교습소 그리고 2층과 3층에는 사무실이 입주해있는 이 건물을 매입할 수만 있다면, 준석이 '6만년의 섬'에서 차로 한 시간 거리인 개포동의 아파트까지 출퇴근하는 번거로움을 덜 수도 있고, 건물의 월세 부담에서도 해방될 수 있겠다는 계산이 깔렸다. 무엇보다도 소년 엘(EL)이 교습소의 구석방에서 새우잠을 자는 것이 마음에 걸렸다. 위층에 주방을 넓혀서 앉히고 일부는 숙소로 꾸밀 계획까지 세웠다. 소년은 준석이 수학교습소를 시작했을 무렵 신문배달을 하며 시키지도 않았는데 건물 앞을 청소를 하며 지내던 고아였다. 소년은 말없이 준석을 도와 교습소 바닥 청소를 했고, 복도나 계단실에서 쪽잠을 잤다. 따지고 보면 소년이 준석보다 먼저 이 건물과 인연을 맺고 살아오고 있었다. 시키지도 않았는데 소년은 교습소에 딸린 화장실 청소도 했고, 그러던 어느 날 주방에 들어와 저녁 준비를 하는 준석을 도왔다. 그날부터 소년은 복도에서 자지 않고 교습소 한쪽에 칸을 막아 접이식 침대를 놓고 벽과 천정이 온전하게 갖추어진 공간에서 잠을 자게 되었다. 준석이 소년과 함께 저녁을 먹게 된 것이 '6만년의 섬'을 기획하게 된 또 하나의 동기였음을 준석이 잠깐 잊어버리고 있었다.

  소년은 이제 겨우 열 살이었다. 소년과의 만남은 우연이었지만 이제 돌이킬 수 없는 일이 되어버리고 말았다. 분명한 사실은 객지에서 저녁에 혼자 밥을 먹는 일이 그다지 기분 좋은 일만은 아니었고 3남매의 장남인 준석에게 혼자 살아가는 것이 익숙하지도 않았다. 소년이 그 잠깐의 공백을 비집고 들어왔고, 그는 나이에 비해 의연하고 부지런하며 당당한 면이 있었다.

― 난 '사람의 아들'이에요. 보육원에서 지어준 '노아'라는 이

름은 절대 받아들일 수 없는 것이었어요. 노아는 내가 보낸 심부름꾼에 불과해요. 내 이름은 '엘(EL)'이죠.

 소년은 엉뚱하거나 상식적이지 않았다. 마치 선문답을 하듯 난해한 경우가 많았다. 소년은 다섯 살에 보육원을 나와 껌팔이와 구걸을 하며 기적처럼 살아남았다.
 '6만년의 섬'에 오기 전까지 소년은 마땅히 쉴 곳도, 머물 곳도 없었다.

은화銀貨 물고기

— 아버지와 통화를 하려고 했어요, 하지만 통화가 되지 않았어요, 아무 대답도 들려오지 않았거든요.

미옥은 약간 화가 나 있기도 했고 서운한 표정이었다. 부족의 사람들이 둘러 앉아 저녁 식사를 함께 하며, 미옥의 말에 귀를 기울이고 있었다. 대한민국에 정착한 뒤에 휴대전화를 처음 받자마자 미옥이 기억하는, 북에 남아있는 아버지의 종전 휴대전화 번호로 통화를 시도했지만 응답이 없었다는 것이 이야기의 전말이었다.

— 북에서 아빠는 휴대전화를 사고 너무나 좋아하셨어요.

부족들은 이미 짐작을 하고 있었지만 그녀 스스로 신상에 대하여 말해주기를 기다렸을 뿐이었다.

— 엄마는 브로커를 통해 나만 데려왔어요, 아빠도 분명히 오시려고 했는데 말이에요.

섬의 부족들은 예상하지 못했던 미옥의 말에 의아했다. 미옥은 궁핍해보이지 않았고 고생을 모르고 자란 천진한 태도를 보여주었다. 부족 사람들은 그녀의 아버지가 왜 올 수 없었을까? 잠깐 생각에 잠겼다. 그리고 좀 더 비극적인 이유를 상상하고 있었다.

— 엄마는 고위간부였던 아빠와 결혼을 했어요. 예술단원이었던 엄마가 결혼할 나이가 되자 남편이 될 남자를 선택할 기회가 주어졌던 거였어요. 앞에 놓여있는 여러 장의 사진 가운데에서 가장 잘 생긴 아버지를 고르셨대요.

사람들은 이쯤에서 잠시 멈추었던 식사를 다시 시작했다. '왜 딸 미옥만 데려오고 싶었을까?' 집히는 데가 있었다. '사진결혼이라니? 부부사이에 정이 없었겠지!' 그러나 그 다음 미옥의 말에 입맛이 완전히 달아나버리고 말았다.

— 아빠는 우리가 떠나온 후로 살던 곳에서 사라지셨어요.

모두 쿵, 하고 마음이 어둡고 깜깜한 데로 갑자기 내려앉는 기분이었다. 탈북 후에 남겨진 가족들의 운명이 머릿속에 그려졌다. 남편을 지옥에 버려둔 미옥의 어머니가 보통 야멸찬 여자가 아니라는 생각을 했다. 부족들은 미옥이 왜 한국 땅에서도 어머니와 함께 살지 않는지 묻지 않기로 서로 무언의 약속을 했다. 아마도 상처를 건드리는 일이었다.

미옥은 학교 주위에 원룸을 얻어 혼자 밥을 해 먹고 있다가 '6만년의 섬' 일원이 되었다. 미옥의 마지막 말이 부족들의 다소 심드렁해지려는 주의를 다시 일깨웠다.

― 아빠를 데려 올 거예요.

단호했다. 모두의 입에서 들리지 않는 탄식이 새어나왔다. 이미 미옥의 그 한 마디로 부족들에게는 일종의 책임감이 생겨났다. 그것은 부담감이기도 했지만 준석을 비롯하여 나머지 부족들은 저마다 지갑에 얼마가 들어있는지, 예금의 잔고가 얼마나 남아있는지 미리 계산을 해보고 있었다. 희수는 부족 가운데에서 가장 연장자로서 비록 지금은 휴업 상태이지만 전직 산부인과 전문의라는 직함에 걸맞게 가장 많은 돈을 별일 아닌 것처럼 내놓아야한다는 중압감을 느꼈다. 그러나 실제로 사정은 여의치 않았다.

희수는 산부인과 병원을 개원하고 몇 년 지나지 않아서 문을 닫고 말았다. 매달 돈을 지출해야 할 곳이 백군데도 넘었다. 파산에 이은 이혼은, 비록 그런 일이 일어나리라고 예상하지 못했지만, 당연한 결과였다. 꼭 그래서만은 아니었다. 희수는 지금 호스트바에 나가고 있었다. 그는 산부인과 전문의였고 병원부설 난자보관연구소에서 책임연구원으로 일한 적이 있었다. 그리고 지금 희수는 호스트바에서 일하며 전공과 깊은 관련이 있는 일을 하고 있었다. 파산신청과정이 모두 끝나는 날 그는 다시 본래의 자리로 돌아가려는 계획이었다. 이

때 철학과 교수 헌률이 끼어들었다. 그는 밥을 씹으며 말했다.

― 바리사이의 법이 지나치다고 생각해요? 그렇지가 않아요. 이번 경우만 보세요, 인간답게 살 권리는 누구에게나 있죠, 미옥의 아빠도 그 인간 가운데 한 사람인거죠. 혼인법은 지켜져야만 해요.

그는 미옥의 어머니가 남편을 배신했다는 것을 확신하며 한편으로 질타하는 태도를 보였다. 부족들은 그의 말에 토를 달지 않고 묵묵히 식사를 했다. 지금 이 순간만은 미옥의 아버지가 처한 상황을 동정하는 쪽에 더 무게가 실리는 듯 했다. 그러나 한편으로 미옥의 엄마와 같은 입장이라면 남편을 곤경에 처하도록 버려두고 말 것인지 생각해보는 것이었는데 모두 얼른 답이 떠오르지 않는 눈치였다. 싫은 사람을 지옥에 둘 권리를 가지고 있는지 알 수 없는 노릇이었고 책임이 뒤따를 것만 같은 결론을 내리고 싶지도 않은 표정들이었다. 잘못된 일이었지만 그로 인해 불편해지는 상황도 받아들일 수 없다는 태도였다.

부족의 일원인 철학교수 헌률은 다단계 판매업체의 지역 책임자를 맡고 있었다. 교수는 오히려 부업이었고 다단계 판매 왕으로 선정된 그의 지위는 견고해보였다. 정치인이 되기를 꿈꾸었던 그는 당선을 돕는 선거운동원들에게 뭉칫돈을 줄 수 있는 형편이 아니었다. 헌률이 물로 입을 헹궈내고는 마침표를 찍듯 말했다.

― 섹스는 의미가 없어요. 애석하게도 영원성을 담보하는 단단한 밧줄이 결코 아니라는 거예요.

헌률은 미옥 엄마를 비롯하여 모든 여자를 현실에 타협하는 명예롭지 않은 종족으로 대분류하려는 태도를 보였다. 부족들은 미옥이 그의 독설로 인하여 마음에 상처를 받지 않을까 염려했다. 그러나 이때 미옥은 딴 생각에 깊이 빠진 듯 보였다. 법이나 증오, 혼인, 섹스 그리고 배신 따위가 어떤 의미를 지니는지는 미옥에게 중요하지 않았다. 아빠를 한국으로 데리고 와야 한다는 그녀의 의지는 본능적인 것이었다.

― 그러나 실망하지는 말아요, 원래 사랑은 섹스와는 아무 상관이 없었어요. 결혼이 행복과 상관이 없듯이 말입니다.

바리사이라는 별명으로 불리는 철학교수 헌률의 이런 우려와는 달리 그런 하찮은 일로 부족들 가운데 그 누구도 잠시라도 실의에 빠졌던 사람은 없었다. 모두 그러려니 하는 것이었고, 애초에 기대를 하지 않았던 눈치였다. 사랑도 땅에 속한 일이었고, 변하고 죽고 사라지는 것들 가운데 하나라는 것을 이미 부족 모두가 경험으로 알고 있었다. 또한 땅에 속한 것과 결혼함으로써 그것과 한 몸이 되었다. 은둔자들의 섬, 그들은 남을 용서하지 않거나, 스스로를 혐오하거나, 결정적으로는 스스로도 알 수 없는 이유로 고립을 택했다. 그러나 이런 고립과는 비교적 상관이 없는 준석은, 영원한 것에 대해 관심을 보이기 시작한 사람들 가운데 한 사람이었다.

#

　미옥은 식사모임의 또 다른 여성 부족인 보라를 어디선가 스치듯 본적이 있다고 생각했다. '어디서 보았을까' 몇 날을 뒤척인 끝에 실마리를 꼬집었다. 미옥이 레스토랑에서 아르바이트로 피아노를 연주하고 있었을 때, 괴한들과 격투를 벌이던 보라의 이미지가 미옥의 뇌리에 남았다. 보라는 권총을 뽑아들었고 머리채를 잡은 범인의 이마에 총구를 갖다 댔다. '그래! 바로 그녀였어.' 미옥은 마음속으로 말했다.
　한편 소년 엘(EL)은 '6만년의 섬'에서 살아가는 원시 부족 개개인의 심성에 대하여 파악을 했을 뿐만 아니라, 최근 그들이 공통적으로 가지게 된 한 가지 고민에 대하여 알게 되었을 때, 적절한 해결책을 내어 놓아야겠다고 결심했다. 드문 경우였지만 소년 엘이 대화에 끼어들었다.

― 고래를 잡을 수 있을 거예요, 여러분들이 미옥의 아버지를 데려오는 데 드는 비용을 걱정하지 않아도 된다는 말이에요.

　전직 의사이며 현재는 호스트바의 남성접대부로 굴곡진 인생을 살아가고 있는 희수는 처음 소년을 보았을 때부터 이상하다고 생각해오고 있었다. 자폐증이나 소아정신병이 아닐까 의심했다. 물론 희수는 산부인과 의사로서 정신과에 대해 기초적인 지식은 가지고 있었고 한 때는 정신과를 전공으로 택하려고도 했다. 엘은 엉뚱한 이야기를 진지하게 이끌어 감으로써 좌중을 당황스럽게 만들어버리는 경우가 자주 있었다. 엘을 제외한 나머지 부족 구성원들은 '이게 무슨 소린가?'의아한 표정이 되었다가 아마도 잘못들은 것으로 생각하고 다시 된장찌개에 숟가락질을 했다. 삼겹살이 노릇노릇하게 익고 있었다. 다시 엘이 말했다.

— 내 말을 못 믿는 거예요? 고래가 섬 주위에 몰려들 거예요. 그 때 그 물고기를 닮은 그 포유류를 잡아 입안을 열어보아요. 은화가 들어있을 거예요. 미옥 아버지를 데려오는 비용은 그걸로 충분하죠.

의사 희수는 이제 확신했다. '어린 나이에 견뎌낼 수 없는 고생을 했구나!' 하지만 엘은 그것으로 그치지 않았다. 좀 더 비약을 한다.

— 여러분들이 이미 오백만원 정도 돈을 모았다는 것을 알고 있어요. 하지만 이 성전 주인의 아들인 나는 성전세를 내지 않아도 돼요.

부족의 사람들은 소년이 이 교습소 건물을 '성전'이라고 일컫는 것이나 스스로를 주인으로 칭하는 것으로 미루어 그는 미친 것이 틀림없다고 생각했다.

― 그러나 이런 일로 시시비비를 가리려다가 공연히 문제를 일으킬 필요는 없겠지요, 나는 성전세聖殿稅를 내기로 결심했어요. 바로 여러분이 고래를 잡도록 도울 거예요.

부족원들 가운데 그 누구도 수학교습소를 벗어나면 오갈 데가 없을 뿐만 아니라 정신도 오락가락하는 아이, 소년 엘에게 부담을 주려는 의도가 없었으므로 그가 미안해하도록 내버려두기로 했다. 그리고 의사 희수가 얼핏 비친 적이 있었지만, 소년 엘의 비정상적으로 보이는 정신 상태에 대해 이제 '그랬었구나!' 하고 모두들 고개를 끄덕이는 것이었다.

#

한편 모두가 예상했던 대로 소년 엘이 말한 고래도, 스타테르짜리 은화銀貨를 입에 문 물고기(마태17.27)는 나타나지도 않았으며, 그런 와중에 부족들은 도치가 가장 많은 돈을 내놓았었다는 사실을 나중에 알게 되었다. 그는 말했다.

― 죽이는 것보다는 살리는 게 쉬웠어요.

보라를 제외한 부족들 그 누구도 도치가 강간과 살인미수 그리고 사기혐의로 실형을 살았다는 사실을 몰랐으므로 당연히 그의 말을 이해 할 수도 없었다.
 그러나 도치는 미옥의 아픔에 공감하여 진정으로 마음이 아팠다. '사랑하면 슬픈 것인가?' 그랬다. 도치가 남을 사랑할 때면 측은하고 슬픈, 자비慈悲의 마음이 되었다. 도치는 남달리 사악하다기보다 '충동조절장애'라는 질병을 앓고 있었다.
 소년 엘은 달래무침과 두부된장찌개로 함께 밥을 먹는 자리에서 부족들에게 고래에 대하여 부연 설명을 했다.

— 부족 여러분의 '가난한 마음'이 고래일지도 몰라요. 고래는 섬 주위를 유유히 헤엄치죠.

 그러나 문제는 아직 끝난 것 같지 않았다. 준석으로서는 미옥이 나름대로 목적을 가지고 섬에 합류했다는 것을 꿈에도 상상할 수 없는 일이겠지만, 미옥은 어머니 문화의 새로운 남자가 통영에 여러 척의 고깃배를 소유하고 있으며, 서울의 명문대에 진학한 아들을 자랑삼아 살아가는 선주船主, 바로 준석의 아버지, 김두용 사장이라는 사실을 진즉에 알고 있었다. 그는 재력가일 뿐만 아니라 국회의원에 입후보한 전력의 유력인사였다. 미옥이 딱히 준석을 어떻게 해보려는 것은 아니었다. 그러나 그를 곁에서 지켜보고 싶었다. 준석이 부족의 족장으로 있다는 '6만년의 섬'에서 어떤 일이 벌어지는지 알고 싶었다.
 또 한명의 남자, 미옥 아버지의 경우는, 우리 주변에 흔히 있는 일로, 사람들에게 알려지지 않거나 진의가 미처 밝혀지지 않은 채 묻혀버리는 경우였다. 채운은 아내 문화와 딸 미옥이 탈북 후 대한민국에서 어려움 없이 정착하기를 바랐고, 한편으로는 남편과 아버지로서 도움이 되지는 못할망정 오히려 짐이 되고 싶지 않은 마음이 앞섰다. 미옥의 아버지 채운은 문화가 보낸 브로커에게 부탁했다.

― 죽었다고 전해주시라요.

#

 이즈음 소년 엘은 지구와 환경이 비슷하고 고등 생명체가 살고 있는 우주의 다른 행성들에서 개성이 뚜렷한 별을 상징하는 문장을 제작하고 있다는 소문을 들었다. 그래서 소년 엘도 '6만년의 섬' 부족들의 특징을 가장 잘 표현할 수 있는 문장紋章을 만들 생각에 골몰했다.
 이즈음 준석은 통영에 살고 있는 아버지로부터 근황을 들었다. 정치망定置網 그물에 뜻하지 않게 고래가 걸려들었다는 것과, 아버지 두용이 최근 탈북 예술인들을 후원하기 위하여 지역의 무의탁 노인들을 위한 자선순회공연을 기획하였다는 두 가지 소식이었다.

사마리아 여인

왜성矮星은 지름이 작고 태양보다 광도가 낮은 작은 항성이지만 태양의 역할을 한다. 소년 엘(EL)은 천문학자와 과학자들의 공동연구진이 새로운 항성, 작은 태양인 왜성과 그 주위를 공전하는 지구와 환경이 비슷한 행성을 발견했다고 좋아할 때마다 왜 그들이 그토록 흥분을 하는지 놀랍기만 했다. 더욱이 학자들은 물의 존재 가능성을 언급하는 것이었다. 소년 엘이 알기로는 인간의 손과 눈이 닿을 수 있고 인지할 수 있는 은하계에는 또 다른 생명체가 존재하지 않는다. 그러나 3차원의 입체적 공간에 '시간'까지 고려한 4차원 또는 그 경계마저 넘어선 고차원의 시공에는 생명체가 살아간다. 엘은 부족의 구성원들이 준석이 조성한 '6만년의 섬이' 다른 차원의 시간과 공간에 존재하며, '거룩한 인류의 문장'으로 상징되는 왜성의 주위를 공전하는 행성이라는 사실을 아직도 인지하지 못한다는 사실에 그다지 실망하지 않았다. 그들의 조상들도 처음에는 엘이 누구인지조차도 알지 못했고 조금 시간이 흐른 후에야 자신들이 무지하였음을 원망하고 자책하는 태도를 보였다는 것도 기억하고 있었다.

왜성은 태양보다 작고 온도도 낮아 희미한 붉은 빛을 띤다.

그 주위를 공전하는 '6만년의 섬'은 왜성과 가까이 있는 관계로 공전주기 또한 짧다. 거룩한 인류만이 살아가는 시공이었다. 여기에서도 역시 물의 존재여부는 중요한 듯 보였다. '나에게 물을 주시오'라며 간청했으므로 엘은 부족사람들에게 물이 있는 곳을 알려주었고 또 그 물을 마시게 인도했다. 엘이 운영하는 우물은 영원히 목마르지 않는 샘물로 부족 사람들의 영혼을 채워주기 위하여 마련된 것이었다.

#

  한편 탈북 후 부산에 정착한 미옥의 어머니 문화는 곧바로 '문화예술연구소'를 열었다. 북한에서 예술단원이었던 문화에 대한 입소문 덕으로 연구소를 어렵지 않게 꾸려나갈 수가 있었다. 문화는 고전과 현대를 아우르는 무용의 전수자로 이미 유명세를 타고 있었다. 그리고 단원들과 함께 지역의 행사에 초청되어 공연을 펼치는 경우도 차츰 많아졌다.
  공연은 언제나 대성공이었다. 공연을 주최한 남자, 두용은 거구의 사내였다. 그가 주최하는 자선행사에 문화가 초대되어 공연을 펼쳤다. 그로부터 한 달 또는 두 달에 한 번 꼴로 충무와 거제, 남해 지역을 돌며 공연을 했는데, 김두용 사장의 연이은 요청이 그 원인이었다. 문화는 낯선 지역을 처음 밟을 때마다 생경스러웠고 이방인이 된 기분이었다. 마치 사마리아 여자로 유다 땅을 밟는 묘한 기분에 사로잡히는 것이었다.

- 북에 남편이 있어요.

　몇 번의 스치듯 만남 뒤에 바다가 내려다보이는 횟집에서 두용과 문화는 마주 앉았다. 두용이 보기에 문화는 이미 남편과 헤어졌거나 만날 수 없는 처지의 여자 같았는데, 그런 감정마저도 '그랬으면' 하는 두용의 바람에서 비롯된 것은 아니었는지 의심할 겨를도 없이 문화의 미모는 눈이 부실 지경이었다. 문화는 초승달 눈썹에 쌍꺼풀이 없는 동양적 얼굴에, 신장이 180cm에 가까운 서구적 미인이기도 했다.

- 정착하는데 도움이 될 수 있다면, 제가 돕고 싶습니다.

　그는 저음의 굵고 꺼칠한 음성이었다. 마음은 따스하게 전해져왔다.

- 이미 많은 도움을 주신걸요, 감사하게 생각하고 있어요.

　이 때 뜬금없이, 남편을 만나고도 빈손으로 돌아온 브로커가 문화에게 했던 말이 불현 듯 생각났다.

- 사실대로 말씀드리자면, 남편은 돌아가시지 않았어요.

　브로커는 말끝을 흐리며 문화의 시선을 피했었다. 그리고 남편에게 여자가 생긴 것 같다는 말을 넌지시 전해주었다. 문화는 남편이 아내 문화와 딸 미옥보다 내연녀를 택했다는 사실이 괘씸했다. 잠시 딴 생각을 하고 있을 때 두용이 말했다.

― 아내와 사별한지 20년이나 되었어요.

잠시 마실을 나갔던 문화의 생각을 불러들이는 두용의 한 마디였다. '그는 왜 아내가 죽었다는, 그리고 꽤 세월이 흘러버렸다는 말을 내게 하는 것인가?' 이유를 알 것만 같았다. 그래서 문화가 불쑥 이런 말을 했다.

― 얼마 전에 남편이 돌아가셨다는 소식을 전해 들었어요.

맞장구를 치듯, 듣기에 따라서는 오해를 할 수 있는 말이었다. '남편이 차라리 죽기라도 해버렸다면 재가라도 할 수 있을 터인데' 하는 삐친 마음이었다. 그러나 문화는 아직까지는 낯선 남자 두용에게 남편의 존재에 대해서 여지를 남겨두기를 원했다.

― 하지만 돌아가신 걸 확신할 수는 없어요, 제 눈으로 직접 보지 않았으니까요.

이렇게 생각과 말이 다르게 나갈 경우, 문화는 스스로 당황한다. '내 마음을 나도 모를 때가 있다' 빙산의 일각처럼 겉으로 드러난 부분을 마음의 전부라 오해한다. 마음먹은 것과

다르게 행동할 때는 무의식이 활동하는 경우다. 문화는 생각과 말과 행동이 서로 박자가 맞지 않고 제각각인 지금, 스스로가 혼란에 빠진 거라고 진단을 내렸다. 생지옥도 사랑을 위해서라면 마다하지 않을 만큼 여자에게 미쳐있다는 남편에게 질투가 났다. 하지만 마지막 순간 그가 죽고 사는 문제에 대해 문화에게 의논해보자고 한다면 귀 기울여 들어줄 심산이었다.

 탐나는 남자 두용이 문화에게 건네주려는 물은 언제든 다시 갈증을 불러일으킬 수가 있었다. 오래전 꽃다운 나이에 앳된 얼굴의 남편이 문화에게 수줍게 사랑을 고백하며 건네준 물이 그랬듯이, 그것은 영원한 생명의 샘이 아니었으며, 언제든 사랑은 변할 수 있는 것이었다.

 문화는 두용과 함께 부둣가를 거닐었다. 줄어를 하는 배들, 조업을 준비하는 어선들이 바다에 병풍을 둘렀다. 그 사이로 보이는 수평선은 배들이 밟고 지나다녀 시커먼 멍이 들었다. 달빛도 어선들에서 발산하는 인공조명에 설 자리를 잃고 존재감을 드러내지 못했다.

― 대방들이 나를 팔았어요, 압록강을 넘자마자 인간을 개나 소처럼 매매하는 자들에게 붙잡혔죠, 그리고는 말하는 거예요, '도망쳐 나와, 몸값의 반을 떼어줄게' 처음엔 그게 무슨 뜻인지 몰랐어요. 그러나 팔려간 후에서야 알았어요. 그 사람들이 도망치라고 일러주지 않았어도 나는 도망을 치고 말았을 거예요.

두용은 이야기의 꼬리부분을 이미 알고 있었다. 그녀는 그렇게 도망을 치고 다시 팔려가기를 여러 번 했을 것이며 우여곡절 끝에 꿈에도 그리던 한국에 오게 되었다.

— 차라리 죽자고 결심하니까 길이 보였어요.

문화는 북한의 지하교회에 나가면서도 같은 생각이었다. '내가 바로 교회야, 마실 물을 주겠지, 채워주겠지, 아마도 살려줄 거야' 그러고서 맨몸으로 하루 밤에 몇 개씩 허부고 뜯으며 산을 넘고 강을 건너며 쫓기는 몸이 되었을 때 하늘을 보며 말했다.

— 섭섭해요, 진짜.

두 사람은 바다가 보이는 바위에 걸터앉았다. 김두용 사장은 문화에게 이미 고백을 했고 문화가 그 공을 넘겨줄 차례였다. 두용이 문화에게 건넨 '사별한지 20년이나 되었습니다.'라는 말은 두용으로서도 어려운 고백이었을 거라는 것을 문화도 잘 알고 있었다. '두용처럼 믿음직한 남자가 내편이 되어준다면 한국에서의 정착이 얼마나 수월할까' 오히려 두용보다 문화가 더 절실한 마음이었다. 그러나 문화가 한숨을 섞어 체념한 듯 말했다.

― 살아있다는 것만 확인이 되면 남편을 데리고 올 생각이에요. 다시 브로커를 보내려고요. 대한민국 땅에 와서 보았어요. 자유롭다는 것, 사랑한다는 것 그리고 용서가 사랑이라는 것도 알았어요. (저도 여자에요, 두용 사장님에게 안기고 싶은 마음이 왜 없겠어요?)

　사실이었다. 문화의 마음은 그러기를 원했다. 듬직한 남자 두용에게 기대고 싶었다.

― 딸이 한국에 정착해서 휴대폰을 갖게 되자마자 바로 아빠에게 휴대전화를 걸었다는 거예요. 평양에 살았을 때 그 아빠 휴대폰 번호로 말이에요. 통화가 될 거라고 생각했겠죠. 딸이 나보다 낫다는 생각이 들었어요. 딸은 아빠를 용서한 거예요, 아니 처음부터 미워한 적이 없었겠지요. 딸은 아빠가 어떤 사람이건, 무조건 사랑하고 그리워하는 거였어요.

　두용은 이쯤에서 문화의 말을 모두 이해했다. 남녀 사이의 사랑은 '조건이 있는 사랑'이며 언제든 변하고 식을 수 있는, 땅에 속한 거라는 단순한 산수 문제를 푼 기분이었다. '부모와 자식 사이는 떼려고 해도 뗄 수가 없어서, 하늘에 매어져 있어서 천륜이라 하는 가 보다' 그리고 두용이 생각하기에 그녀도 남편에 대해 삐뚜름하게 말을 하고 말았지만, 그런 딸의 마음이 애처로워서라도 남편을 용서했으며, 생명의 물을 남편과 나누어 마시려고 결심을 한 것이라 여겨졌다.

― 남편이 원한다면 남편과 사는 여자도 함께 오게 할 수도 있겠지요.

두용은 그 말에 '문화와 혹시라도 잘 될 수도 있지 않을까' 하던 마음마저 완전히 사라져버리고 맥이 풀렸다. '지옥에서 인간을 구해내는데 사람을 가릴 필요가 없다는 것인가?'

밤바다 가운데로 배들이 나아가고 있었다. 두용은 오히려 시원한 기분이었고 머리가 맑아져왔다. 그리고 아내를 저 세상으로 보낸 후에 처음으로 마음에 두었던 여자가 그럴만한 가치가 있는 여자였다는 점이 고마웠다. '예전의 아내도 그랬었지!' 아마 아내는 '영원한 생명으로 초대되었으리라' 아내도 지금 두용의 옆에 있는 문화처럼 멋진 여자였음을 기억해냈다. 숨을 거두기 전 아내가 말했었다.

― 건강한 여자 만나서 잘 살아요, 하지만 아이는 낳지 말아요, 우리 준석에게 배다른 동기를 만들지만 말아요.

문득 두용은 문화에게 장난을 하고 싶어졌다.

― 딸에게 천국 전화번호를 알려주지 그랬어요? 그러면 교환수처럼 아빠와 다리를 놓아주었을 텐데요.

문화는 두용이 자신의 마음을 이해했다는 것을 알았다. 한편으로는 서운했다. '남자가 쌀뜨물에 무엇 담근 것 마냥 뜨뜻미지근하기는, 사랑하지 않을 거면 함께 죽자고 왜 들이대지도 못해? 밥맛이야, 정말' 그렇게 원망하면서도 '심성은 고운 사람이다' 생각했다. 문화는 마음의 갈피를 잡지 못하고 우왕좌왕하는 중이었다. 그래서 분위기를 바꾸어 보려는 마음에 물어보았다.

― 천국 전화번호가 몇 번인데요?

약간 뾰루퉁한 마음이 문화의 음성에 버무려졌다.

― 제 기억이 확실하다면, 73국에 4627번입니다. 지역번호는 조금씩 다를 수는 있겠지만요.

두용은 장난스럽게 말했다. 그의 한쪽 입 꼬리가 올라갔다. 문화는 설마 두용이 있지도 않은 전화번호를 구체적으로 댈 거라고는 예상하지 않았으므로 '무슨 소린가?' 했다.

― 구약 46권, 신약 27권, 합쳐서 73권이지요.

문화는 '내 그럴 줄 알았지!' 하는 표정을 지으며 두용의 단단한 어깨쭉지에 제법 매운 주먹을 날렸다. 어느 사이 두 사람은 친구이상으로 가까워져 있었다. 두용은 미옥을 딸로, 문화를 아내로 맞아 살아가려던 계획을 소리 나지 않게 접어야

할지 다시 깊이를 알 수 없는 미궁으로 빠져들었다. 행방이 묘연한 문화의 남편은 살아있고 머지않아 자유를 찾아 대한민국에 올 거라는, 지금 두용의 입장으로서는 다소간 불길한 예감이 들었다. 왜냐하면 그에게는 용서 할 줄 아는 아내와 아버지를 조건 없이 사랑하는 딸이 있기 때문이었다.

#

문화가 예술단을 이끌고 공연을 하기 위해 통영에 가기 며칠 전이었다. 딸 미옥과 함께 저녁을 먹는 사람이라며 소년 엘이 부산에 있는 문화의 집에 다녀갔다. 소년 엘이 문화에게 이런 말을 했다.

─ 사마리아 여인, 당신에게는 남편이 다섯이나 있었고 지금 함께 살고 있는 남자도 사실은 당신의 남편이 아니죠.

문화는 소년에게 신상에 대하여 말해준 적이 없었다. 그러나 소년은 문화의 마음을 꿰뚫어 들여다보는 것 같았다. '꼬마는 시인이었나?' 그는 메타포, 즉 비유의 수사법을 썼다. 문화는 인신매매를 당해 여러 남자의 아내가 될 뻔했지만 그때마다 필사적으로 도망을 쳤다. 소년은 이상하고 신비스러운 물에 대한 이야기를 한다.

─ 세상의 물을 마시는 사람은 목마르겠지만, 내가 주는 물을

마시는 사람은 영원히 목마르지 않을 거예요. 샘이 되어 당신 안에서 솟아올라 당신을 영원히 살게 할 겁니다.

소년 엘은 지구를 출발하여 왜성에 속한 별, '6만년의 섬'으로 돌아가는 길에 잠깐 문화에게 들렀다고 말했다.

문화는 딸 미옥이 소년과 함께 살고 있다는 '6만년의 섬'에 대하여 신뢰하는 마음이 생겨났다. 그리고 딸 미옥이 문화가 모르거나 지금껏 문화가 알아왔던 기존의 양식과 다른 양식으로 밥을 지어 나누어 먹는 모임에 속해있다는 것을 다행으로 여기게 되었다. 그리고 이런 사실을 다른 사람들과 예술단원 모두에게도 알려야겠다고 생각했다.

소년 엘은 왜성을 중심으로 공전하는 '6만년의 섬'으로 돌아가기 위해 다시 시계를 맞추었다. 섬의 사람들은 이미 다른 차원의 행성에 속해있다는 것도 인지하지 못하고, 더욱이 엘이 누구인지도 알지 못한다. 엘을 그저 이상한 소년으로 여길 뿐이었다. 더욱이 다른 사람들이 소년 엘에 대해 물었을 때, 부족장 준석마저도 세 번이나 엘이 누구인지 모른다고 대답했다. 하지만 이런 엘의 불만에도 불구하고 준석은 요즈음에 들어서야 '엘이 단순히 오갈 데 없는 소년이었을까?' 의심을 하는 중이었다.

준석은 베드로처럼 인간적인 약점이 많은, 커다란 열쇠를 손에 든 수탉이었다.

바다로 간 표류류

섬의 구성원들 중에서 특히 말이 없어서 조개 삼총사로 불리는 자들은 파산을 한 후에 지금은 호스트바에 나가는 의사 희수와, 철학과 교수이자 다단계 판매원 헌률 그리고 대기업 신입사원 수한이었다. 매일 저녁에 모여서 함께 식사를 하면서도 속내를 깊이 감추어 두고 밖으로 결코 의중을 드러내지 않는 것으로 분명하게 개성을 표현했다.

준석과 부족의 일원들이 그들에게 말을 시키려고 별다른 시도를 해본 적은 없었는데, 그런 것이야 말로 섬에서는 금기시되는 것이었다. 그들은 3개의 대합조개들로서 단단한 껍질로 자아를 감싼 나머지, 이제 그 옷을 벗는 방법을 잊어버린 것이 분명했다. 준석은 그들을 위해 식사 외에도 이야기 거리를 준비했다. 사교적인 성격의 준석으로서는 가벼운 대화마저 하지 않고 밥만 먹는 것에 거의 숨이 막힐 지경이었다. 그러나 준석의 생각과는 달리 그들은 늘 마음속으로 혼잣말을 중얼거리거나 상대가 없는 대화를 하고 있었다.

그 가운데 한 사람, 대기업 사원 수한은 이제 이 섬마저 떠나야 할 때가 되었다고 생각하는 것이었는데, 답답한 사무실에서 벗어나 이 섬에 왔지만, 함께 저녁을 먹는 모임도 수한의 갈증을 풀어주지는 못했다.

  수한이 대학을 졸업하고 육군병장으로 만기전역을 하자마자 곧바로 대기업에 취직이 된 것까지는 순조로웠다. 남들이 들으면 포시라운 소리라고 놀리겠지만 그는 머슴이나 노예가 된 기분이었다. 원하지 않았던 직장 생활에 회의가 밀려왔을 때 그는 스스로를 사람들로부터 고립시키고 말았다. 상사들은 수한을 일류대학을 나와 아이큐는 높지만, 사회성이나 감성지능이 낮은 낙오자로 점찍기에 이르렀다. 준석이 부족사람들에게 말했다.

  — 닷샛날에 온갖 새와 물고기 그리고 엿샛날에 집짐승과 들짐승과 길짐승을 창조했어요. 물고기와 들짐승을 만든 날짜는 서로 달라요, 그렇다면 바다에 살던 물고기가 육지로 올라와 포유류로 진화를 했다거나, 뭍에 살던 포유류가 바다에 적응해서 고래가 되었다는 진화론에 대해 우리 가운데 누군가는 할 말이 있을 거예요.

  말수가 특히 적은 수한의 입을 열게 하려는 촌장 준석의 숨은 의도가 있었지만 뜻밖에도 다른 또 하나의 대합조개인 호스트바의 남성접대부 의사 희수가 먼저 껍질을 열고 나왔다. 그는 산부인과 의사라는 신분을 감추었지만, 지금은 호스트바에서 일하고 있다고 털어놓았으므로 엄밀히 신분을 속였다고 볼 수는 없었다.

― 고래가 바다에 적응했지만 포유류로서의 본성을 버린 것은 아니에요. 여전히 아가미가 아닌 허파로 숨을 쉬고 새끼를 낳고 젖을 먹이죠. 포유류에게만 젖이 있어요. 포유哺乳하는 종의 특성을 나타내는 거죠. (제 직업상의 경험으로 말하자면) 젖은 2차 성기이기도 해요. 민감하다는 특성이 있어요. 그래서 수컷들이나 심지어 암컷 스스로도 가슴을 다룰 때는 조심을 하죠, 함부로 하지 않아요. 별도로 브래지어를 착용하는 것만 보아도 알 수 있잖아요? 그러나 여기에는 궁극적으로 신이 종을 퍼뜨리기 위한 계략이 숨어있어요. 새끼에게 포유를 잘 할 수 있도록, 망가지거나 쉽게 훼손되지 않도록, 소중하게 다루도록 한 것이었어요, 바로 종을 잉태하기 위한 1차 성기와, 새끼에게 영양을 공급하기 위해 보호할 필요가 있는 2차 성기인 가슴에만 유별나게 오르가즘을 부여한 결정적 이유였어요.

대체로 수긍하는 분위기였다. 대기업 사원 수한은 진화론에 대해 거부감이 있었다. 인간의 조상은 인간일 뿐이라는 생각에 변함이 없었다. 인간이 바다에 나가 고기를 잡듯 고래도 먹이를 찾아 바다로 나간 포유류 가운데 하나였다. 수한에게는 '바다로 간 늑대'가 고래가 되는 과정은 도피가 아니라 오히려 처절한 생존전략으로 생각되었다. 수한은 또 다른 목적을 위해, 조만간 '6만년의 섬'마저도 떠나 바다로 나가고 싶었지만 그것이 언제인지는 스스로도 알 수 없었다. 그리고 한편으로 보라가 아직까지도 수한이 누구인지 눈치 채지 못한다는 사실에 안도했다. 대학 때 헤어진 남자 친구를 보라는 알아보지 못했다.

#

수천만 년 전 육지에는 포유동물로 가득차서 먹이를 구하기 어려워졌다. 바다 속에는 사나운 포유동물이 없어서 먹이를 얻기에 쉬웠다. 늑대의 이빨과 소의 발굽을 가진 고래의 조상은 조금씩 바다 속으로 들어가 생활하기 시작했다.
부족원들 사이에서 바리사이라는 별명으로 불리는 헌률은 철학과 겸임교수로 10년 이상 이 대학 저 대학을 메뚜기처럼 뛰어다녔다. 결혼을 하고 겸임교수 수입으로는 도저히 생활을 유지할 수가 없게 되자 다단계판매원으로 데뷔를 했다. 아내는 이혼을 요구했다. 불행인지 다행인지, 헌률이 그토록 원했던 전임교수가 되고 혼자 쓰는 연구실을 가지게 되었을 때 그는 혼자였다. 오히려 다행이라는 것이 헌률의 결론이었다. 하마터면 속물근성의 여자와 평생을 함께 살 뻔했던 불행은 면했다며 안도의 숨을 내쉬는 것이었다. 준석은 부족 사람들에게 다시 공을 던졌다. 슬라이더였다.

— 고래의 조상인 늑대를 닮은 포유류가 발굽이 있는 다리로 해변을 어슬렁거리다가 바다로 뛰어들어 물고기를 사냥해요, 그리고 물과 뭍이 만나는 기슭에서 사슴을 발견하고는 다시 뭍으로 뛰쳐나와 사슴을 뒤쫓는 걸 상상해 보아요. 그들은 바

다와 육지에 양다리를 걸치고 살아가는 거죠, 얼마동안은 그랬을 겁니다. 수천만 년을요. 그리고 마침내 먹이를 얻기에 더 유리한 쪽을 선택합니다. 하지만 포유류로서의 본성은 변하지 않았어요.

부족 사람들은 중요한 것을 깨달았다. 그들이 원래의 직업에 더하여 부업이라고 생각되는 다른 일을 했지만 본성이 변해버린 것은 아니었다. 바다의 물고기를 사냥하기 위해 헤엄을 배우는 늑대의 조상은 결국 포유류였고 명석한 두뇌로 어류와 갑각류를 지배하는 고래가 되었다는 것을 상기했다. 그러나 부족들 가운데에서 수한만은 또 다른 갈증을 느꼈다. 만물의 영장인 인간의 거룩한 본성을 찾으려고 다른 곳을 기웃거리는 것이었다. 그것은 두 번째 아담이 지닌 본성인, 용서와 사랑의 심화로, 영원한 생명의 바다로 뛰어들겠다는 결심이기도 했다.

소년 엘은 사람들 앞에 놓여있는 밥그릇과 수저를 싱크대로 옮기기 시작했다. 보라와 미옥을 제외하고 남자들이 하나 둘 일어나 그릇을 개수대에 넣었다. 보라는 대기업 사원 수한의 등이 낯익다고 생각하는 중이었다. 그러자 보라의 머릿속에서 땡그렁, 뗑그렁, 요란하게 종이 울렸고 마침내 쨍그렁, 기억의 꺼풀이 유리그릇처럼 깨어져 흩어졌다. 대학생 보라와 수한의 실루엣이 비온 후에 흰 구름처럼 피어올랐다. 보라가 수한에게 묻는다.

― 뭐라고 쓸까?

　보라는 수한의 단단한 복근에다 초콜릿크림으로 수한이 불러주는 대로 '아무 때나 원한다면'이라고 적었다. 실제로도 수한은 보라가 원할 때 핑계를 대거나 거절하지 않았다. 글자를 굳이 지워지지 않는 문신으로 새길 필요는 없었다. 두 사람은 그 순간이 영원하지 않을 거라는 것을 이미 알고 있었다. 그런 일이 있기 바로 조금 전 수한은 보라의 가슴에 보라가 불러주는 대로 '꾸밈없이 우아하게'라고 초콜릿 크림으로 쓰고 글자들을 모두 먹어 치웠다. '우아'의 '이응' 동그라미 부분은 별도로 그리지 않고 보라의 맨홀뚜껑 같은 젖꼭지로 대신했다. 수한이 보라의 유두에 묻은 초콜릿을 핥을 때, 보라의 온 몸에 전해지던 초강력 전류의, 숨이 멎을 듯 짜릿한 충격의 여운으로 보라는 이때까지도 약간 불규칙하고 거친 호흡을 하고 있었다. 수한은 보라의 가슴꼭지 한쪽이 함몰되어 있는 것이 흥미로웠다. 수한이 함몰된 부분을 혀나 손으로 애무하면 연분홍의 꼭지가 조금씩 고개를 들고 그 모습을 드러내는 것이었다. 수한은 보라의 가슴을 '까칠한 성질의 요철凹凸'이라 불렀다. 자주 있는 일은 아니었다. 밸런타인데이였고 두 사람은 종일 시험 준비로 지칠 대로 지쳐있었다. 수한은 보라의 궁극적 또 하나의 요철을 향해 팽팽하게 활시위를 당겼다. 욕정이 관통되어 장렬히 전사하는 소리가 여러 번 들려왔다.

이종희 49

빙하기 인간

── 시험관 아기를 시도할 때 임신의 가능성을 높이기 위해서는 젊고 싱싱한 난자가 필요해요. 나이를 먹을수록 난자의 가임력이 떨어지거든요.

지난 날, 보라가 난자동결시술의 효율성에 대해 물었을 때 의사 희수가 '한 가지 분명한 것'이라며 했던 말이었다. 당시 그는 산부인과 전문의였다. 그런 일이 있고 얼마 지나지 않아서, 의료법인 대표이사의 2세로 병원의 실질적인 소유주였던 희수가 거액의 채무를 지고 병원 문을 닫고 말았고, 초대형 합작의료법인이 희수의 병원을 인수했다는 소문을 들었다. 병원을 증축한다는 안내간판이 내걸렸고, 타워크레인이 컴퍼스 팔을 휘저어 골조들을 들어 올리는 광경을 멀리서도 볼 수 있었다.

보라로서는 의사 희수를 '6만년의 섬'에서 만난 것이 우연이었다. 희수는 '굴욕의자'라고도 불리는 산부인과 진료의자의 지지대에 다리를 걸치고 음부가 잘 보이게 두 다리를 쫙 벌린 채로 앉아 있던 보라를 기억할까? 보라는 사람들이 무엇 때문에 산부인과의 진료의자를 '굴욕의자'라고 부르는지 이해가 되었다. 사람에 따라 무심한 이도 있겠지만, 보라는 수치심을 느끼는 부류에 속했다.

― 조금 따끔하고 뻐근할 수 있어요.

의사 희수는 말했었다. 국소마취는 서너 번에 걸쳐서 계속되었고 약이 들어가고 있다는 것을 느낄 수 있었다. 간호사가 진정제가 포함된 수액을 꽂아주었다. 잠시 시간이 흐른 후에 난자가 나올 때마다 간호사가 친절하게 말해주었다.

― 난자가 두 개 채취되었습니다. 세 개 채취되었어요.

띠,띠띠띠, 난자 흡입 펌프의 기계음이 들려왔다. 채취하는 동안에는 통증은 거의 느껴지지 않았다.
보라는 결혼을 하지 않을 결심이었다. 그리고 언젠가 더 나이를 먹어 아기를 갖고 싶다는 생각이 들었을 때 정자은행에서 원하는 정자를 구해 인공수정으로 시험관아기를 시도할 요량이었다.
보라의 생물학적 아버지도 보라의 탄생을 위하여 정자만 제공했을 뿐 보라에게 사랑을 준적이 없었다. 그런 아버지의 내연녀로 보라를 낳은 어머니도 원망스럽기는 매한가지였다. 보라는 난자를 영하 200도 이하의 차가운 빙하 속에 묻어두기로 했다. 채취된 난자는 급속으로 동결되어 난자보관센터에 보관된다. 보라의 몸에서 채취된 난자는 잠을 깨울 때까지 얼음보다 더 여문 입자로 변해 잠들어 있을 것이었다. 매년 25만 원 정도의 난자 보관료를 지불해왔다. 그러나 그전에 이미 보라의 마음은 이미 급속으로 냉동되어 딱딱한 껍질 속에 웅크렸다. 당시 의사 희수는 말했다.

― 시술 후에는 물을 많이 마시고 당분간 건드리시면 안돼요, 아셨죠?

보라는 매년 돌아가신 외할머니―보라의 어머니 그레이스는 무남독녀였고 자신만을 돌보는 사람이었다―가 묻혀있는 공원묘지관리사무소로부터 '묘지관리비 청구서'를 받았다.

안녕하십니까?
평소 묘원 관리에 적극 협조해 주셔서 감사합니다.
20**년도 묘지 관리비를 통지하오니 기한 내에 납부해주시기 바랍니다.

비슷한 시기에 난자보관센터로부터 '난자보관료 청구서'도 받았다.

안녕하십니까?
저희 난자보관센터는 기밀을 준수하며, 귀하의 소중한 난자를 엄중히 보관하오며 이에 20**년도 난자보관료 청구서를 동봉하오니 기한 내 납부해주시기 바랍니다.

과거의 생명인 주검과 미래의 생명인 냉동난자를 관리하는 비용에 대한 청구서였고, 현재를 살아가는 보라에게는 과거와 미래의 생명을 관리할 책임이 있었다.

― 출산의 빙하기가 도래했어요. 아이를 늦게 낳거나, 아예 낳지 않으려고 해요.

섬의 구성원들과 함께 저녁을 먹는 자리에서 철학교수 헌률이 먼저 입을 열었다. 보라는 대각선으로 마주 앉아있는 의사 희수가 아무 생각 없이 밥그릇을 뒤집어 국에 밥덩이를 통째로 풍덩 빠뜨리는 것을 무심하게 바라보았다.

(그는 날 기억하지 못한다. 그런데 의사 희수는 왜 혼자 밥을 먹어야 했을까?)

보라는 희수에 대한 의문으로 가득 찼다. 더욱이 희수는 호스트바의 남성 접대원이라고 부족 사람들에게 소개했다. 그러나 보라 역시 스스로를 룸살롱 호스티스라고 소개하지 않았던가. 호스티스의 가면을 쓴 강력계 형사과장, 보라는 이쯤에서 한 가지 의문이 생겨났다. '섬의 식구들 모두가 신분을 숨긴 채 가면을 쓰고 있지는 않을까' 하는 것이었다. 그러나 보라가 모르는 사실이 있었다. 의사 희수는 고객이었던 보라가 어떤 인격을 가진 사람인가에 대해 관심이 있었다. '그녀는 어떤 문양의 인간일까?' 희수가 '6만년의 섬' 식구가 된 동기이기도 했다. 당시에 채취된 보라의 난자는 60개였으며 보라는 그 가운데 절반인 30개에 대해서만 알고 있었다. 보라가 마취에 빠져있는 사이에 희수는 30개의 난자를 추가로 채취하여 쥐도 새도 모르게 자신만이 아는 장소에 은밀하게 냉동보관했다. 자신의 정자와 은밀히 보관해둔 보라의 냉동난자로 시험관아기를 시도하기 전에, 태어날 시험관 아기의 어머니, 보라가 어떤 사람인지 알아볼 필요가 있었다. 보라는 그동안 희수가 시술한 어떤 환자보다 건강했고 지능이 뛰어난 여자였다". 그리고 보라는 결혼을 하지 않을 것임을 공공연히 말했었다.

소년 엘은 의사인 희수가 시도하려는 새로운 형태의 강간ー보라는 원하지 않으며 심지어 전혀 모르고 있는 상태에서 난자를 갈취당하는ー에 주목했지만 당장은 아무런 조치도 취하지 않고 지켜보기로 했다. 인간은 죄를 지을 권리마저 있었으며 심판은 나중의 일이었다.

한편 빙하기의 도래로 인간의 마음도 얼어 붙어버렸다. 인간은 생명의 잉태나 출산이 축복이었음에도 과거보다는 좀 더 면밀하게 이해타산을 따지기 시작했다. 그리고 가능하다면 종을 퍼뜨리는 의무를 이행하지 않거나 미루려고 했다.

전직 의사 희수는 호스트바에 출근하기 위해 저녁 식사를 마치자 서둘러 섬을 벗어났다.

사소한 민족

사람들은, 살아가기 위하여 가장 기본적이어서, 한편으로 사소해 보이는, 밥을 먹기 위해 '6만년의 섬'에 모였다. 엘이 생각하기에 식구들이 함께 모여 저녁 식사를 하는 것보다도 더 중요한 일은 없어보였다. 먹은 것은 육화되어 사람의 육체를 구성한다. 그리고 함께 식사를 할 때마다 영혼은 비옥해졌고 마음에는 평화가 깃들었다.

섬의 족장인 준석 베드로와 산부인과 의사 희수 루가, 대기업 사원 수한 토마 사도들과 그 밖의 여인들인 보라, 미옥 그리고 바리사이 헌률 등도 소년 엘이 마련한 사소하며 영적인 일상에 초대되었다.

소년 엘이 보기에, 사람들이 함께 밥을 먹는 것은 너무나 사소한 일상이지만, 그런 것들은 이제 특별한 일이 되어버렸고, 혼자 저녁을 먹는 사람들은 점점 늘어만 갔다. 사랑하거나 용서하는 동안 사람들은 행복하며 사소한 영혼이 될 수 있었다. 그러나 인간은 증오하기 위하여 많은 시간을 허비했는데 더욱 비참한 것은, 남뿐만이 아니라 스스로를 미워하는 사람도 생겨났다. 그리고 남을 해치듯 스스로를 향해서도 살의를 드러내며 고립을 택하는 경향이 있었지만, 이런 것들은 애초에 엘이 바라던 것이 아니었다.

#

　전직 산부인과 의사, 호스트바의 남성 접대부 희수는 여러 개의 룸이 복도를 사이에 두고 서로를 밀어내듯 양쪽으로 갈라진 틈 사이를 걸어갔다. 음악이 룸의 문틈을 연기처럼 비집으며 흘러나왔고, 안주를 나르는 빨강 조끼와 나비넥타이들이 룸의 문을 열면 음악소리는 와르르 둑이 무너지듯 큰 소리를 지르며 흘러 나왔다가 문이 닫히면 소음기를 단 악기처럼 룸 안으로 빨려 들어갔다. 언뜻언뜻 대학노트 크기의 유리창으로 방안의 모습이 희미하게 비치어 보였는데, 아예 불을 꺼버린 룸도 있었다. 상의를 벗고 춤을 추는 젊은 남자의 등이 실루엣으로 보였다. 그는 앞에 앉은 여자에게 페니스를 들이대며 다가갔다. 여덟 시, 아직 이른 저녁 시간이었다. 아예 소등을 해버린 방에서 어떤 일이 벌어지는지 희수는 잘 알고 있다. 희수는 양복 안주머니에 손을 넣어 콘돔이 들어있는지 확인했다. 희수는 진료의자에 앉아 양다리를 벌리고 음부를 드러낸 환자나 임산부들이 긴장한 나머지 희수가 질에 찔러 넣은 손가락을 조이는 것을 경험했고 그럴 때마다 진료에 방해가 되어 짜증이 났던 것이 기억났다. 그러나 호스트바에 온 여자들은 달랐다. 벌린 다리로 희수의 허리를 감싸 안았고 희수의 남성을 더 깊이 받아들이기 위해 두 다리를 하늘로 쳐들었다. 진료시, 진료고무장갑을 낀 희수의 손가락을 거부할 때와는 달리 희수의 단단한 페니스가 쉽게 질속을 파고들 수 있도록 자연 윤활유마저 흘려보냈다. '굴욕의자'라고도 불리는 산부인과 진료의자는 질속을 가장 잘 관찰하거나, 시술기구가 질속을 저항 없이 파고들 수 있도록 고안된 도구였다. 호스트바에 오는 여자들은 스스로 진료의자에 앉은 자세를 만들며 희수의 남성을 질 가장 깊숙이 받아들이려고 했다.

희수가 대기실의 문을 열고 들어서자 카드놀이를 하고 있던 남성 호스트들이 희수를 돌아보았다. 눈인사를 한 후 그들은 다시 원래의 자세로 돌아갔다.

— 진상 있잖아? 그 여자 알지?

모두 아는지 대답하지 않았다. 검은 양복의 사내는 카드에 집중한 채로 보지도 않고 손으로 더듬어 잔을 집어 주스를 한 모금 마시고 나서 말했다.

— 그 전직 장관 마누라? 남편은 교도소 있는데 여자는 저 모양이니!

대화는 오래 이어지지 않았다. 다른 검은 양복이 말했다.

— 난 그 룸에는 절대로 안 들어갈 거야. 그 진상, 개고기가 따로 없다니까.

희수는 진상녀라고 소문난 여자가 저녁식사모임 '6만년의 섬'의 일원인 보라와 관련이 있다는 것을 이미 알고 있었다. 그녀는 보라 아버지의 일곱 번째 여자이자 보라의 생모였다. 미인대회 출신의 그녀는 연기자로도 이름이 알려진 여자였다. 그녀가 호스트바를 찾는 날짜와 시간은 거의 일정했다. 남편 면회가 없는 날, 저녁 열 시경이었다. 그리고 언제나 혼자였다. 룸에서 그녀는 왕비처럼 굴었다. 그녀는 새벽이 되어서야 집으로 돌아갔다. 대기실의 문이 열리고 희수가 동생처럼 여기는 종업원이 말했다. 그는 빨강 나비넥타이가 잘 어울린다. 특이한 알바에 뛰어든 이 대학생은 희수에게 말했다.

― 형, 그레이스가 찾아.

그는 희수에게 손가락 열개를 모두 펴 보였다. 아마도 진상으로 알려진 그녀가 제시한 팁의 액수일거라 짐작되었다. '그녀는 희수가 의사였다는 것을 어떻게 알았을까?' 그레이스는 희수에게만은 함부로 행동하지 않았다.

― 남편이 귀가 가렵다고 했어. 그래서 내가 이비인후과에 가라고 했지. 귀지를 파는 것도 전문의가 낫다는 생각이었어. 내 판단이 옳았어. 남편은 아주 만족스러워했거든.

그레이스가 희수를 호스트바에서 몇 번 만난 뒤에 문득 던진 말이었다. 그녀는 산부인과 병원에서 마주친 적이 있는 희수를 기억해냈다. 실제로 그레이스는 아름다웠다. 그러나 그녀는 외로웠을까? 함께 저녁을 먹는 모임의 사람들은 혼자 밥 먹는 상황이 싫었지만, 그레이스 역시 혼자 잠드는 밤이 싫었을지도 모를 일이었다. 그녀 역시 사소한 행복을 누리지 못하기는 마찬가지였다. 사소한 것이야말로 어려운 일이 되는 경우가 종종 발생했는데, 어느 새 그 빈도가 늘어나서 오히려 특별한 일이 되어버리는 경우도 생겨났다. 인간들이 더 많은 것들을 소유할수록 사소한 일상이 설 자리는 좁아져갔다. 그레이스는 권력과 금력의 화신이 되고 말았고 짝퉁 행복인 쾌락을 좇아갔다.

- 나는 함께 밥을 먹고 함께 섹스를 나누고 싶었을 뿐이야, 사소하게.

그녀는 전혀 불가능한 일로써, 특별한 것과 평범한 것을 동시에 원하며, 더욱이 그것이 가능할 거라는 착각에 빠져있었다.

- 나는 당신을 기억해, 기억력이 좋은 편이거든, 나 같은 연기자는 남의 인생을 통째로 외워야만 해, 그것도 몰입을 해서 완전히 그 사람이 되는 방법으로 말이야. 난 산부인과 전문의 희수, 당신을 파티에서 여러 번 보았어.

희수도 자선 파티에서 그녀를 먼발치에서 본 적이 있었다.

그녀는 나이 많은 회장단의 부부들 가운데에서 비교적 젊어서 튀는 사람이었다.

— 당신의 인생에 대해 생각해보았어, 물론 메소드Method 연기처럼 몰입이 되어 당신을 연기해본 거야. 근데 말이야, 당신은 여전히 멋있는 인간이었어, 사람은 쉽게 변하지 않거든.

희수가 생각하기에도 그는 변한 게 별로 없었다. 바다로 간 포유류로서 먹이가 될 물고기 각각의 버자이너 건강을 먼저 염려했다. 일종의 직업병이었다. 잠깐 딴 생각에 빠져있을 때 그레이스가 양주병을 새로 따며 희수에게 말했다.

— 나는 특별하고 값비싼 것을 많이 가졌어, 예를 들자면, 고급승용차, 저택 그리고 빌딩 뭐, 그런 것들.

희수는 그녀가 산부인과에서 자궁종양제거 수술을 받았던 때가 생각났다. 애송이 인턴이었던 때의 희수를 그녀는 기억한다. 원피스 환자복을 입은 그녀의 환부를 드레싱했다. 희수의 아버지는 그녀를 안심시키기 위해 아들인 희수에게 직접 그 일을 맡겼다. 당시에 그레이스는 말했다.

— 난 이 진료의자에 양 다리를 벌리고 앉을 때마다 손해를 보는 느낌이야, 익숙해 질 때도 되었는데 언제나 똑같아!

물론 희수는 진땀을 흘리며 수술 후에 질 주위에 흘러내린 분비물을 소독하던 애송이 의사였고 그녀의 버자이너에 대한 기억은 없다. 어느 사이 취기가 정수리까지 올라왔다.

― 난 희수 당신의 평범함을 사려고 해, 그러니 당신은 아무 것도 할 필요가 없어, 그냥 내 이야기를 들어주기만 하는 거야.

희수도 그럴 생각이었다.

― 내가 원하는 거? 자극적이고 특별한 섹스가 아니지, 너무 쉽게 항상 할 수 있어서 밋밋해져버린, 남편과의 평범하고 사소한 섹스, 바로 그거야.

희수는 '6만년의 섬'이 존재하는 이유를 알고 있었고, 그레이스는 의도하지 않게 희수에게 그것을 다시 일깨워주고 있었다. 호스트바 룸의 문이 열리고 닫힐 때마다 역사는 바뀌어갔다. 사람들이 바뀌고 그기에 따라서 음악과 상황이 달라지고 있었다. 사람들은 특별한 자극을 원했고 마침내 원하던 것을 가진듯했지만 특별한 것을 가질수록 사소한 것을 잃었고, 계속 허기를 느꼈다. 그레이스가 말했다.

― 내게는 사소한 게 없어, 모두 대단하거나 특별해, 그게 문제야.

그레이스의 얼굴이 그녀의, 전혀 돌보지 않았던 생물학적 딸인 보라와 오버랩 되었다. 보라가 말하는 것 같았다.

(난 혼자 저녁을 먹기가 싫었어.)

그레이스는 지금 모든 불행의 근본 원인은 오직 그녀의 외부에 있었다고 말하고 있었다.

ㅡ 단 한 번의 자극적이고 특별한 섹스, 그게 처음이자 마지막이었어, 그걸로 나는 많은 걸 했어, 아기를 낳고 특별한 여자가 되고 그리고 손가락질을 받고 마침내 외로워졌어.

희수는 은밀히 숨겨둔 얼음알갱이 보다 더 견고하게 굳어버린 동결보관난자를 머릿속으로 떠올렸다. 보라와 희수는 모두 평범하지 않은 길을 걸어가려는 것이었다. 그렇게 태어난 시험관 아이가 또다시 '6만년의 섬'을 찾게 될지도 모른다는 생각이 문득 뇌리를 스쳤다.
희수가 평범한 일상으로 돌아가기 위해 일어났을 때 그레이스가 앉은 채로 희수의 허리를 안았다. 아무 일도 일어나지 않았다. 아무 자극도 쾌감마저 없는 사소한 밤, 그녀가 원하는 것이었다.
그러나 희수는 그레이스가 진정으로 원하는 것을 얻기 위해서는 조금의 모험을 감행해야만할 거라 생각했다. 그녀가 가진 특별한 것들을 모두 버리는 다소 위험스런 모험이었다.
　침대에서 그레이스는 처음에는 별다른 반응이 없었다. 그녀의 말대로 밋밋한 섹스를 원하는 여자 같았다. 그래서 희수는 전혀 색다르지 않은, 조루에 시달리며 피곤한 가운데 어쩔 수 없이 사랑하는 아내를 의무적으로 안아주는 남편처럼 정상 체위로 평범한 포옹을 했을 뿐이었다. 결코 프로답지 않은 섹스였지만 그레이스는 희수를 명의로 인정을 했다. 그녀 역시 일반의 오해와는 달리 그다지 경험이 많지 않은 여자였다. 하지만 그레이스는 시간이 지날수록 국적이 분명하지 않은 언어를 내뱉었다. 희수로서도 평범한 밤이었으며, 그레이스의 G-spot을 아주 살짝 건드리기만 했을 뿐이었다. 섹스는 원래 너무나 사소하고 밋밋한 것이어서, 신은 종을 퍼뜨리려는 목적을 달성하기 위하여 어쩔 수 없이 오르가즘을 사은품처럼 끼워 넣을 수밖에 없었다는 것이 산부인과 전문의이자 냉동난자 연구소 선임연구원 희수의 생각이었다. 그녀의 G-spot은 가운데 손가락 두 마디 정도 깊이의 질의 안쪽, 약간의 돌기가 느껴지는 지점이었다. 사실 그곳의 유무는 아기를 갖거나 낳는 것과는 아무 상관이 없으며, 다만 인간이 섹스를 혐오하거나 귀찮게 여겨 회피하지 않게 하고, 섹스가 상상하는 것만큼 혐오스럽거나 무미건조하지는 않으며, 마침내 결코 나쁜 것이 아니라는 인식을 심어주기 위한 낚시 밥 같은 것이었다.

주머니에 넣은 겨울

도치는 벌써 봄이나 모임에 얼굴을 비치지 않았다. 도치가 부족 사람들에게 언젠가는 해보이겠다고 공언했던, 바이칼 호수 종주계획을 마침내 실행에 옮긴 것이라고 사람들이 수군거렸다. 도치는 말했었다.

— 바이칼 호수는 시베리아에 있는, 세계에서 가장 깊은 담수호수지요. 남쪽에서 북쪽 끝까지 약700km에 걸쳐있고 최고 깊이는 무려 1,600미터가 넘어요.

도치는 오히려 영하50의 기온을 헤치고 나아가며, 차가운 호수에 빠져보고 싶다고도 했다. 그가 모습을 보이지 않은지 한 달이 지났을 무렵, 부족 사람들은 그가 마침내 공언했던 종주 계획을 실행에 옮기고 말았다고 확신했다. 도치가 입버릇처럼 지껄인 말이었다.

— 나는 많은 경험을 했어요. 대개는 안 좋은 기억들이지만, (내가 강간하거나 죽이거나 사기를 치려고 시도했던 모든 분들에게 사죄하는 마음으로 살고 있어요), 그래서 나는 좀 더

별스런 세례를 원해요, 물론 그것이 나의 목숨을 앗아갈 수도 있겠지요. (지금도 나는 죄의 유혹에 시달리고 있어요), 나는 그럴 때마다 나를 바이칼호수에 담그는 거예요, 호수는 반드시 차가워야 해요, 정신이 번쩍 들 정도로 말입니다. (죄의 중력으로 몸은 점점 아래로 가라앉아요, 하지만 은총이랄까요? 하여튼 신비한 힘이 부력으로 작용해서 나를 떠오르게 하는 거예요, 나는 죽을 수도 없었어요), 나의 멍에는 원래 사람이 짊어지기 불가능한 엄청남 무게였거든요, 그런데 이상한 일이지요. 내가 물속에 있을 때는 부력으로 인해 멍에의 무게는 줄어들어서, 떠오를 수 있을 정도로 가벼워지는 거예요, 그래서 나는 호수에서 헤엄치듯 살아가기를 원했고 그 호수를 '신비하고 이상한 호수'라고 명명했어요. 꿈속에서 나는 영적인 힘이 부력으로 작용하는 호수에 몸을 담그고 (죄의 무게가 줄어들기를 원했어요), 어찌되었건, 나는 바이칼호수에 갈 거예요.

  평소 도치의 이런 식의 고백에 가장 불만을 드러냈던 이는 바로 철학교수 헌률이었다.

― 우리는 모두 서로에 대하여 알고 있어요, 호스티스건 호스트이건 모두 솔직하게 직업을 털어놓았지만, 도치는 아직까지도 신분을 드러내지 않았어요. 무직無職도 직업이라는 그의 말이 정말 웃기지 않나요? 부족의 일원으로서 도리가 아니라고 생각해요. 그리고 신흥종교라도 만들려는 것일까요? 그는 짐

짓 거짓으로 경건한 태도를 보이려고 해요. 한마디로 꼴불견이죠.

도치는 저지른 죄에 대해서는 부족사람들에게 일절 언급하지 않았다. 형사과장 보라마저도 도치의 전과에 대해 알게 된 것이 불과 얼마 전이었다. 식사모임에서 '바리사이'라는 별명으로 불리는 철학교수 헌률은 매사에 법을 앞세우는 인간이었다. 도치를 향한 독설은 점점 도를 더해갔다.

— 악의 없는 거짓말이라고 해도 그것이 좋은 결과를 낳을지 나쁜 결과를 낳을지는 확실하지 않아요. 신분을 드러내지 않는 것도 일종의 거짓말이라고 봐요.

이쯤에서 본래의 형사과장 보라와 산부인과 전문의 희수는 가슴이 뜨끔했다. 그리고 보라는 도치가 무혐의로 풀려나긴 했지만 살인과 성폭력 피의자로 입건된 전력이 있었다는 사실을 털어 놓아 부족 사람들로 하여금 경각심을 가지게 하는 것이 옳은지, 오히려 그의 과거를 덮어 줌으로써 도치가 지난 일을 깨끗이 잊고 살아가도록 도와주어야 하는지 결정을 내릴 수가 없었다. 대기업 사원 수한이 끼어든 것은 보라로서는 다행이었다.

— 나로서는 그래요, 도덕법칙이나 양심 또는 법률이 충돌될 때 취하는 기준이 있어요, 아주 간단하다고 할 수 있죠, 바로

'오래된 책'에 따르는 거였어요.

　의사 희수가 생각하기에 수한이 말하는 '오래된 책'이란 '약속의 책'인 성경을 가리키는 거라 여겨졌지만, 세상 모든 것이 거의 그렇듯이, 확실하지 않았다. 수한은 대기업 신입사원으로서 매사에 분명하고 의욕에 찬 태도를 보여야겠지만, 적어도 그에게서 그런 자세는 눈을 씻고 찾아보아도 작은 티끌마저 발견할 수가 없었다. 이 때 헌률이 단호한 어조로 말했다.

ㅡ 도치는 살인자가 분명해요. 그의 눈빛을 보았나요? 또는 성폭력 전과가 있는 범죄자일지도 몰라요!

　보라는 '인간의 육감이 허황된 것만은 아니구나!' 생각했다. 그리고 자신이 이러이러한 사람이라고 밝히려던 계획마저 접고 말았다. 뒤이어 도치에 대해 물어온다면 더 곤란해 질 것 같았다.
　한편 산부인과 의사 희수는 보라의 냉동난자를 훔친 범죄적 사실을 혹시 헌률이 족집게처럼 집어내지는 않을지 턱없는 불안에 사로잡혔다. 희수는 파산이라는 상황과 파경의 원인을 제공한 아내를 용서하지 않음으로써 인간을 혐오하는 자로 변질되어버렸다. 특히 아내와 아무 관련이 없는 모든 여성에 대한 증오심과 아울러 혼인에 대한 반감을 키워왔다. 희수의 휴대폰 '연락처'에 이혼한 아내의 흔적이 남아있었는데 놀랍게도 '벌레'라고 저장되어있었다.

의사 희수는 보라의 난자의 일부를 쥐도 새도 모르게 **빼돌**렸고, 그것은 의사라는 지위를 이용한 파렴치한 범죄이기도 했다. 희수는 부족 사람들과 함께 밥을 먹고 있는 지금의 상황이 갑자기 낯설게 느껴졌다. 의사 희수의 건너편에는 난자의 원래 주인인 보라가 식사를 하고 있다. 그녀는 희수와 눈이 마주치자 멋쩍게 웃어보였다. 보라는 이 때 까지도 희수가 환자였던 보라를 기억하지도, 알지도 못한다고 생각하며 안도하고 있었다. '수많은 환자들을 의사 희수가 어떻게 일일이 기억할 것인가?' 보라에게 처음 보는 사람 대하듯 무심한 그의 태도로 비추어 보아서도 짐작할 수 있는 일이었다. 두 사람은 같은 생각을 했다.

(외로웠을까, 그래서 섬에 온 걸까?)

소년 엘이 끼어들었다.

— 식사를 할 때마다 나를 기억하세요.

식사를 대충 마치자, 소년 엘이 의무적으로 가장 먼저 일어나 개수대로 빈 그릇들을 옮기기 시작했다. 부족 사람들도 각자 먹은 그릇들을 개수대로 가져가서 씻었다. 그러나 엘이 마치 이 식사모임을 처음부터 기획한 것처럼 행동하는 태도나, 무엇 때문에 번번이 자신을 기념하라고 하는지에 대해서는 부족 사람들 모두가 오래 생각하지 않았고 그를 기념할 필요가 있는지 의문을 가질 필요마저 느끼지 않았다. 더구나 엘은 식사를 통해 모든 것이 이루어졌을 뿐만 아니라, 부족 사람들의 본성도 착하게 바뀌고 말 거라는 희망에 차 있었다. 그리고 이럴 즈음 헌률은 부족 사람들 모두의 마음에 찬물을 끼얹는 디저트를 식사모임의 식구들을 향해 날려 보내는 것이었다.

ー 나는 언제쯤 정상적인 사람들을 만날 수 있을지 기대조차 할 수가 없게 되어버렸어요. 아이부터 어른까지, 남자나 여자나 모두 미쳐버렸으니 말입니다. 그리고 지나치게 지적이며 사려 깊은 호스트나, 외교관이 무색할 정도로 정숙하고 교양미가 넘치는 호스티스를 어떻게 이해해야할지 전혀 감이 오지 않아요. 이 섬은 정말 비밀로 가득해요, 이러다 나까지 돌고 말겠어요, 이미 제 정신이 아닌지도 모르죠.

사람들은 그의 말이 일리가 있다고 생각하며 하나 둘 섬을 빠져나갔다. 그리고 각자의 보금자리를 향해 승용차로 또는 저녁 바람을 쐬며 걸어가는 길에 입가에 가벼운 미소를 띠었다. 그들은 저녁을 함께 먹는다는 사소한 일상을 위해 모였으며, 전혀 특별하지 않은ー잠시나마 혼자가 아니었다는ー것을 공유하는 동안 행복을 느꼈다. 그리고 도치는 왜 소식이 없는지, 내일 저녁 식사시간에는 헌률이 또 어떤 심한 독설을 날릴지, 호스티스 보라와 호스트 희수는 언제 그 일을 그만둘지, 그리고 도치는 정말 바이칼 호수로 간 것인지, 틈틈이 생각하는 것이었는데, 만일 그들이 식사 모임에 참여하지 않았다면 일어날 수도 없는 일이었다.

소년 엘이 알기에 부족 사람들을 비롯한 모든 인간들은 은둔하지 않고 오히려 인간들이 빼곡히 살아가는 가운데에서 함께 숨 쉬며 온도를 나누며 살아가도록 창조된 거룩한 생명체였다. 한편으로 지상에서 일어나는 소박하며 사소한 모두가 기적이었다. 물과 공기가 있어서 생명체가 살아 숨 쉬는 유일한 행성이 창조되는 순간부터 이곳에서 밀어나는 모든 것이 기적이었다. 이것은 처음부터 엘(El)이 깊숙이 간여한 나머지 너무나 잘 알고 있는 진실이었다.

#

도치는 바이칼 호수로 가기 위해 시베리아 행 비행기 표를 알아보던 중이었다. 여행에 대한 자료를 수집하던 중에 철갑상어에 관한 비극적인 뉴스를 접했다. 바이칼 호수의 대표적인 고급 어종인 철갑상어가 남획으로 그 개체 수가 줄어들고 있다는 소식이었다. 여성들의 결혼 연령이 늦어지는 관계로 가임난자의 수가 줄어든다는 뉴스를 들은 끝이라서 마치 철갑상어가 늙고 쇠약한 난자가 되어 여성의 자궁 속을 힘없이 헤엄쳐 다니는 착각에 빠졌다. 도치가 서울을 떠나 바이칼 호수로 여행을 떠나려고 짐까지 꾸렸다가 마지막 순간에 포기를 하고 말았다. 그럴만한 이유가 있었다.

철학교수 헌률은 스스로 미옥에게 유익한 제안을 했다고

생각했다. 그는 다단계 판매원의 정점, 사다리의 꼭대기에 올라있었는데, 교수라는 사회적 지위가 결정적으로 도움이 되었고, 한편으로는 성공한 친지들 그리고 제자들이 고객이 되어 준 덕택이었다.

도치가 우연히 헌률과 미옥이 나누는 대화를 엿들었다.

— 잘 들어보세요, 우리의 판매 아이템은 그야말로 다양해요. 그리고 판매하기에 쉽다는 점과, 돈을 벌 수 있다는 공통점이 있죠,

헌률은 미옥에게 반말을 섞었다.

— 최근 가장 핫한 아이템은, 난 이걸 생각할 때마다 얼마나 자긍심을 느끼는지 몰라, 나라를 구하는 일이에요.

헌률은 입술에 침을 바르며 미옥의 눈치를 살폈다. 도치는 헌률과 미옥이 주방에서 커피를 마시며 수런수런 나누는 말소리에 이상한 느낌이 들어 본능적으로 더 귀를 기울였다. 헌률은 목하 영업 중이었다.

— '난자 매매' 생각만 해도 가슴이 뛰지 않아요? 인구는 점점 감소를 하고 있어요, 아이를 낳지 않으려는 거야, 그래서 여자들은 가임시기를 놓치고 말아, 아이를 낳을 수 없는 부부에게 난자를 분양하는 아주 보람된 일이지, 우리는 애국적인

일에 동참하는 사람들입니다.

그는 버릇으로 동의를 구하듯 말꼬리를 올렸다. 도치는 부족 사람들이 식사를 마치고 뿔뿔이 흩어진 뒤에 주방에 남아 늦은 시각에 커피를 마시며 헌률과 미옥이 두런두런 이야기를 나누는 것이 흥미로웠지만, 이제 도치의 호기심은 서서히 분노로 바뀌는 중이었다. 도치는 불행하게도 충동이나 분노를 억누르는 기능이 약하거나 극단적으로는 없었다.

― 미옥이 동참하겠다면 거액의 사례를 약속하겠어요, 큰 금액이 될 거야. 난자를 제공할 수 있다면 말이지.

미옥의 말소리는 들리지 않았다.

― 경우에 따라 조금의 차이는 있지만 1억 정도의 성공 보수를 보장해줄 거야. 계약금 10%, 시험관아기 인공수정에 성공하면 나머지를 모두 지불하도록 되어있어, 어때?

도치는 주방에서 들려오는 헌률의 말을 모두 귀에 담았지만 이상하게도 미옥의 음성은 들려오지 않았다. 미옥은 아마도 심각하게 고민하는 것 같았다. 음성적인 '난자매매'가 무엇을 의미하는지도 모를 나이였다.

도치가 문을 발로 차며 뛰어 들어갔다. 그리고 순식간에 헌률을 업어치기로 주방 바닥에 패배기를 쳤다.

- 너 같은 녀석은 섬에 있을 자격이 없어.

　머리와 어깨를 바닥에 찧은 헌률이 한참 시간이 흐른 후에야 부스스 깨어났다. 그러나 도치가 화장실에 간 사이에 헌률은 폭력범죄신고 전화를 걸었다. 도치는 화장실에 갔다가 주방으로 돌아오지 않고 그 길로 도망을 쳤다. 달아나며 도치는 미옥이 헌률의 꼬임에 현혹이 된 것이 분명하다고 생각했다. 그러나 이런 도치의 우려에도 불구하고, 미옥은 동정심에 가득 차 헌률의 말을 경청하고 있었다. 미옥은 언제부터인가 헌률이 자신을 바라보는 눈길이 예사롭지 않다는 것과 그것이 누군가를 사랑하거나 그리워하는 눈길이라는 것을 여자의 직감으로 알아차렸다. 대화를 시도하기 위해 사업 반 연애 반 심정으로 다가온 것이라는 것을 미옥은 이미 알고 있었다. 한편 미옥은 또 한명의 나이는 먹었으나 미성숙하며 어리석기 그지없는 사내, 도망치듯 사라져버린 도치가 염려되었다. 헌률이 경찰관과 미옥에게 말했다.

- 법 앞에는 모두가 평등해, 그래야 질서기 잡히는 거야. 자연에도 법칙이 있듯이 인간에게도 지켜야하는 도덕법칙이 있어, 폭력은 엄단되어야 해.

　미옥은 도치가 궁지에 빠질 경우에는 그를 위해 증언을 해야겠다고 미리 마음의 준비를 하고 있었다. 경찰이 미옥에게 눈길을 주었을 때 미옥이 말했다.

― 여기 계신 저명한 철학교수 헌률 박사님은 음성적인 난자 매매에 대해 전혀 말한 적이 없어요. 그리고 단순한 실수였잖아요? 우리 사이로 말하자면, 무슨 말이든 농담으로 할 수 있고, 심한 장난도 쉽게 할 수 있는 사이죠.

무슨 소리인가? 의아한 눈길로 두 사람을 바라보는 경찰관에게 미옥이 힘주어 말했다.

― 매일 함께 저녁을 먹는 사이거든요.

젊은 경찰관이 헌률에게 미옥의 말이 사실인지 눈으로 물었을 때 헌률은 어쩔 수 없이 고개를 끄덕였다.
도치의 바이칼 호수도 결국 호주머니 속에서 잠들어 긴 겨울을 보낼 운명이었다.
도치는 바이칼 호수의 철갑상어가 알고 보면 상어가 아닌 덩치 큰 민물고기라는 것을 최근에서야 알게 되었다. 상어는 연골어류로 바다에 서식하지만 철갑상어는 경골어류로서 민물이나 호수가 서식지였다. 도치를 분노하게 했던 모든 것들도, 사실 그 안을 자세히 들여다보면 다른 의미를 가진 것이었고 도치의 오해였음을 뒤늦게 깨닫는 것이었다. 미옥의 기지로 일이 잘 해결되었다는 사실을 모른 채 도치가 피신해있는 동안 바이칼 호수와 철갑상어는 주머니 속에서 겨울을 나고 말

앉다.

철갑상어도 부족 사람들이 매일 모여서 저녁 식사를 하는 섬 주위에 있었다. 철학교수 헌률 박사는 떠들어 댔다.

― 누가 내게 물어봐 주세요, 왜 안식일에, 그것도 죄인들하고 노느냐고.

모두들 그를 바라보자 만족한 듯 그는 스스로의 물음에 대답했다.

― 왜겠어요? 모두 함께 식사를 하기 위해서지,

바리사이라는 별명을 가진 냉혹한 인간 헌률도 어느새 식구들과 동화가 된 나머지, 자비가 없는 율법은 잔인한 것인지에 대해 의문을 가지는 것 같았다. 사실 부족사람들에게 말하지 않았지만 스스로에게 대답하기 곤란한 질문을 던졌는데, 그것은 '사랑하는 것 외에 또 다른 율법이 필요할까?'라는 것이었다. 헌률은 미옥이 지나치게 율법적일 뿐만 아니라 고지식한 자신을 혐오할 거라 스스로 자책해 왔고, 열 살도 넘게 나이 차이가 나는 미옥이 헌률을 남자로, 나아가 연인으로 받아들이기도 힘들 거라 여기며 미옥에게 고백하고 싶은 본심을 숨기고 말았다. 난자매매에 대한 이야기마저도 사실은 헌률에게 눈길마저 주지 않는 미옥의 관심을 끌어보려는 단순한 의도였다. 헌률은 섬의 식구가 된 이래로 줄곧 미옥의 일거수일

투족을 모두 렌즈에 담듯 기억에 간직했다. 이상한 일이었다. 나이는 먹었지만 마음은 전혀 늙지 않아서 오히려 더 과거로 또 과거로 회귀하는 현상을 보였는데, 그 결과로 그의 시제는 마침내 두 동강이가 나서 허리가 부러지고 말았다. 그 허리를 딛고 선 여자가 바로 미옥이었다. 헌률로서는 사실 이런 이야기를 입에 담는 것은 미옥의 장래에 큰 오점이 될 수도 있어서 차마 할 말은 아니지만, 그런 일이 있고나서 얼마 후 미옥이 혼자 주방에 있던 헌률에게 살며시 다가와 **뽀뽀**를 하고 도망치듯 달아났다. 철학교수 헌률은 그 누구도 보지 않게 겨울을 주머니 속에 넣었다.

오래된 책冊

소년 엘이 주석을 가리켜 베드로라거나 대기업 사원 수한을 토마로 호칭하는 문제에 대해 부족 사람들 그 누구도 개의치 않았고 다만 엘을 이상한 어린 아이 정도로 여겼다.

― 미워하는 동안은 당신의 영혼과 시간은 악마의 것이 되고 말아요. 악마는 늘 당신이 함께 놀아주기를 원하죠.

평소에도 알 듯 모를 듯, 이상한 이야기를 하는 엘은 이미 부족 사람들 사이에서 '그런 아이' 취급을 받았다. 그리고 엘이 헌률을 '바리사이'라고 부른 그 날부터 헌률이 단 하루도 소년을 미워하지 않는 날이 없었다.

― 어리다고 정신과 치료를 받지 않아도 된다는 법이라도 있나요?

헌률이 말하기가 무섭게 소년 엘도 헌률을 악마의 소꿉동무 정도로 여겨 눈살을 찌푸렸다. 사실 겉으로 드러내지는 않았지만, 소년 엘의 거취문제를 놓고서는 헌률의 의견에 고개를 끄덕이는 사람도 있었다. 다만 엘이 어디서 그런 아이답지 않은 이야기들을 주워듣고서 시시때때로 사람들을 놀라게 하는지 고개를 갸우뚱거렸다.

한편 미옥이 지켜본 '식사를 하는 섬'의 족장 준석은 결핍을 모르고 자란, 순진무구한 청년이었다. 그에 비해 미옥은 탈북과정에서의 어려움과 이별의 아픔을 고스란히 몸으로 체험함으로써 정신적으로는 이미 어른이 되어있었다. 그리고 이 많은 사람들이 순진한 준석에게 신세를 지고 있다는 생각에 은근히 화가 치미는 것이었다. '사회생활을 한다는 사람들이 이제 갓 대학생이 된 준석의 교습소 한쪽에 마련된 주방에서 음식을 만들어 매일 저녁식사를 하면서 장소를 사용하는 대가로 조금의 성의라도 보여야 되는 것이 아닌가?' 하고 자신을 포함하여 섬의 거주자 모두를 책망하는 마음이 생겨났다.

― 우리는 당당해질 필요가 있어요. 그러기 위해서는 주방과 식탁, 전기와 가스 그리고 물을 사용하는 비용을 내야만 해요.

이런 미옥의 제안에 대체로 수긍하는 분위기였다. 가짜 호스티스, 형사과장 보라가 구체적인 의견도 말했다.

― 난 사실 먹는 것보다 함께 식사를 한다는 분위기를 소중하게 여기는 편이죠. 아시겠지만 먹는 양이 얼마 안돼요. 그래서 말인데, 여자들은 절반만 부담하고 미성년자인 엘은 면제

해주는 식으로 공평한 배분이 되었으면 해요.

이런 의견에 대해서도 찬성하는 분위기였다. 이때 엘이 말했다.

- 난 베드로에게 이미 명령했어요.

사람들은 불쑥 대화에 끼어든 소년 엘에게 '얘가 또 쉰 소리를 하려나보다!' 하며 눈길도 주지 않았다.

- 내 양들을 먹이라고요.

엘의 말에 이제 모두 짜증이 난다는 표정을 지었다.

- 우리가 언제까지 정신 줄 놓은 아이의 말을 듣고 있어야 하나요?

도치가 주위를 돌아보자 헌률도 모처럼 마주 장구를 쳤다.

- 이제 한계에 다다랐어요. 우리까지 미쳐버리겠어요.

분위기를 가라앉히려는 듯 준석이 사람들의 원성을 가로막고 나섰다.

― 수도광열비는 이미 제게 지급이 된 것이나 다름이 없었어요. 엘은 교습소와 건물의 계단, 그리고 화장실 청소를 매일 해왔어요, 별도로 건물관리를 하는 용역을 고용한다면 그 이상의 급여를 드려야할 겁니다. 엘은 제게 명령할 권리가 있다고 생각합니다.

섬의 부족장 준석은 계속 말을 이어갔다.

― 저는 다만 한 가지 의문이 생겼어요, '우리가 함께 먹었던 것이 밥이며 식사였던가?'라는 거였어요. 사실 각자는 섬에 오기 전에도 혼자서 소위 '혼밥'을 먹었어요, 우리가 섬에서 함께 먹었던 건 '생명'이 아니었을까요? 함께 만찬을 하며 혼자가 아니라는 안도감으로 외로웠던 '혼밥'의 아픔을 달랬던 거죠!

소년 엘도 모자라서 이제 준석까지 '무슨 그런 소리를 하나?'라는 얼굴들이었지만 얼핏 느낌표가 한 사람 한 사람의 표정에 스쳤다. 그러나 미옥은 비용부담문제를 이참에 아주 매듭을 지으려는 듯 결코 물러서지 않을 태세였다.

― 엘이 우리의 부족장 준석에게 양들을 먹이라고 했지만, 양들은 공짜를 좋아하지 않죠, 그래서 약간의 털을 깎아 목자牧者에게 바쳐 그 노고에 보답을 하려는 거예요.

준석이 한사코 거부한 끝에, 어딘가 유용한 쓰임새가 있을 때까지 저축을 해두기로 결정을 본 후에야 토론은 끝이 났다.

미옥에게 언제부터인지 준석이 단순히 오빠처럼 느껴졌다는 것은 본심을 감추는 것이었다. 그는 향기로운 사람이었다. 기대고 싶고 때로는 안아주고 싶은 사람이지만, 미옥에게 어떤 의미를 주는 사람인지 알 수가 없는 모호한 인격체였다. 그리고 왜 그를 도와주고 싶은지, 금방 노릇노릇 구워낸 고등어를 그의 앞에 놓아주게 되는지 그리고 맛있게 먹는 모습이 귀엽게 보이는지 이런 모든 것이 의문이었고 마침내 미옥을 혼란으로 몰아갔다.

준석은 먼저 탈북해서 한국에 정착한 미옥의 어머니 문화가 만나는 남자, 두용의 아들이었다. 어머니가 미옥에게 준석의 아버지 두용과는 아무 관계도 아니라고 했던 것이 더 마음에 걸렸다. 강한 부정 속에는 여러 개의 함의가 담겨있기 마련이다. 어머니의 마음이 들렸다.

(그 남자를 사랑하지만 널 아프게 하고 싶지는 않아.)

미옥의 어머니는 북한에 있을 때, 지하교회의 신자였다. 그녀는 성서를 가까이했고 주위 사람들의 눈을 피해 기도모임에 나가는 것을 미옥은 알고 있었다. 그리고 낡은 책, 한문이 드문드문 섞인 성경책을 보지기에 싸서 감추어두고 꺼내 읽는 것을 미옥은 보았다. 어머니가 사라져버렸을 때 미옥은 그 보자기가 있는지 가장 먼저 살펴보았다. 장독 깊숙이 숨겨두었던 보자기가 사라진 것을 확인하고 미옥은 어머니가 먼 길을 떠났다는 것을 알았다. 그렇게 떠나버렸던 어머니가 몇 해가 지난 어느 날 브로커를 보냈다. 어머니가 탈북한 후 당의 간부인 아버지는 공안의 밀착감시 속에 살았고, 함께 탈북하는 것이 여의치 않다는 것을 알고 딸 미옥만이라도 지옥을 벗어나기를 바랐다.

미옥은 어머니 문화가 북에서 목숨처럼 지켰던 종교적인 신념이 문화의 정신과 마음을 지배하여, 새롭게 시작되려는 어머니의 사랑을 가로막는 것이라고 생각했다.

요즈음 미옥은 준석에 대한 이상한 감정이 생겨나는 것이 어머니에게 미안했다. 처음 어머니와 준석의 아버지 사이에 이상한 기류가 피어오를 때, 마음속으로는 그 남자와 어머니 사이에 어떤 일도 일어나지 않기를 빌었다. 어머니 문화가 낯선 누군가에게 사랑을 나누어주는 것에 대한 거부감이 작용했고, 그것은 미옥이 그동안 익숙하게 소유했던 것을 떼어 주는 것으로 생각되었기 때문이었다. 미옥에게 아버지는 완전히 남남으로 분리될 수 없는 관계였다. 아버지의 상실감을 미옥이 고스란히 공유할 수밖에 없을 것이었다.

아버지의 행방은 여전히 오리무중이었다. 어머니는 아버지를 찾는 일에 그다지 열의를 보이지 않았으며, 다만 새로운 사랑을 거부하고 또 다른 사랑을 찾아 나서지 않는 것으로 남편에 대한 의무를 다하고 있다는 태도를 보였다. 어쩌면 남편과 서로 떨어진 채로 살아가는 것도 좋다는 생각인지 그녀는 예술단 일에만 매달렸다. 한두 달에 한번 꼴로 어머니를 만날 때, 아버지의 이야기를 꺼내면 '무슨 뜬금없는 말인가?' 라는 표정을 짓는 것으로 보아, 어머니의 뇌리에서 아버지는 이미 잊혀져버린 사람이었다.

#

한편 문화가 브로커로부터 남편의 소식을 접한 것은 그에게 착수금을 다시 송금하고도 한참 시간이 흘러 계절이 두 번이나 바뀐 뒤였다. 죽었다던 남편은 지금 브로커가 마련한 중국의 모처에 은신해 있다는 전언이었다. 마침 통영에서 공연을 끝내고 공연장을 나설 때였다.

― 일행이 세 명이었어요. 문화씨의 남편과 여자 그리고 갓난아이까지 모두 무사합니다.

문화는 '남편이 여자를 데리고 왔구나, 아이까지' 이렇게 생각하고 있을 때 김두용 사장이 승용차를 문화의 앞에 세우고 창문을 내리며 말했다.

― 문화씨, 염려 말아요, 지금부터는 내가 책임질게요.

문화는 브로커가 전하는 남편의 근황에 당황하고 있는 중이었다. 그래서 김두용 사장의 '걱정 말라'는 소리가 남편의 일을 걱정하지 말라는 말로 들렸다. 김두용 사장은 공연으로 지쳐버린 문화에게 맛있는 식사를 대접하고 여독을 말끔히 씻도록 해주겠다는 의미라는 것을 문화도 모르지는 않았지만, 마치 탈북한 남편과 새로운 일행인 여자와 아이를 한국으로 데려오는 물리적인 문제뿐만 아니라 남편에 대한 배신감으로 갈등하는 문화의 마음을 포함한 문제 모두를 해결하겠다는 말로 해석하려는 무의식이 작용했다. 이렇게 지금 문화의 머릿속에는 남편과 여자와 아이에 대한 생각으로 가득 차있어서 다른 것이 비집고 들어올 틈이 없었다.

문화가 차에 타자 두용은 핸들을 한손으로 돌리며 문화가 앉은 쪽을 보았지만 문화의 눈을 피했다. 말이나 행동이 마음과 다르다는 것을 들키지 않으려는 태도라는 것을 문화는 알고 있었다. 김두용 사장은 짐짓 친구인척 하는 연인이거나, 문화의 연인이 되고 싶지만 감정을 꾹꾹 눌러 참는 인내의 화신이었다.

차는 시원하게 트인 바다가 보이는 통영의 재래시장으로 향했다. 주말, 시장으로 가는 길목은 관광객들까지 가세하여 활기를 띠었다. 그러나 문화는 가슴에 돌을 올려놓은 것처럼 답답했다. 이 때 두용이 잠깐의 어색한 침묵을 깨며 말했다.

― 통영이 얼마 전까지 행정구역상으로 충무였어요.

'아, 그래요?'라고 문화가 표정으로 대답했다. 문화의 공연 소식을 듣고 두용이 한걸음에 달려와 문화를 만나고 처음으로 그녀의 눈을 바라보았다. 약간 지치고 슬픈 생각에 잠긴 문화의 눈은 오히려 고혹적이었다. 오래 전 세상을 떠나버린 두용의 아내는 말했었다.

― 당신은 왜 내가 쌩쌩할 때는 곁에 오지도 않다가 감기몸살로 힘들어 할 때 이렇게 사람을 못살게 구는 거예요?

그러면서도 싫어하지 않는 눈치였다. 끙끙 앓으면서도 두용을 밀어내지 않고 엉덩이를 쓸어주었다. 지나치게 밝은 여자는 섹시하지 않을지도 모른다. 지금 문화는 슬퍼보였다.
한편 문화는 남편이 여자와, 아이까지 데리고 탈북을 한 상황과 맞닥뜨리고 보니 설명할 수 없는 착잡한 기분에 사로잡히고 말았다. 남편은 여자와 아이에 대해 아무 언급도 하지 않았다. 그만큼 아낀다는 것인지?

― 2천년도 훨씬 전에 통용되던 책이 아직도 그대로 유효하게 현실에 적용될 수는 없을 거예요, 이혼할 수 없다거나, 사별이 원인이 아닌 재혼이 간음이라거나 하는 케케묵은 계명 말이야, 자기는 어떻게 생각해?

교회에서 주일마다 만나는 편한 언니에게 문화가 처해있는 상황을 마치 남의 일처럼 넌지시 돌려 물었을 때 돌아온 말이었다. 그녀는 말을 놓았다가 높였다가 한다. 문화도 머리로는 그녀의 말에 동의를 하면서도 가슴이 받아들이지 못했다. 딸 미옥이 받을 상처도 염려되었다. 아빠도 다른 여자와 결혼하고 엄마마저 제 살길 찾아서 다른 남자 만나 가 버린 후에 미옥은 어디에 마음을 붙이고 살아갈 것인지, 미옥은 낌새를 차리고 이미 문화와 거리를 둔 채로 살아간다. 문화가 두용과 만나는 모습에 마음과 눈이 함께 시렸던 것이라 생각했다. 차가 시장에 거의 다다랐을 무렵에 두용이 말했다.

― 태양의 주위를 공전하던 지구가, 어느 날 갑자기 궤도를 바꾸어 목성의 주위를 돈다면 자연법칙에 어긋나고 재해가 발생해요.

'왜 뜬금없는 말을? 그러니 어쩌라고? 스스로가 너무나 바른 사람이어서 궤도를 이탈하거나 탈선을 할 사람이 결코 아니니 경계심을 풀라는 건가?'

그는 문화의 고민을 알고 있는 사람 같았다. 그리고 문화가 생각하기에, 남편과 여자 그리고 아이, 모두가 두용의 미래와 간접적이나마 관련이 있었으므로 그는 스스로를 변호하거니 입장을 밝힐 권리마저 있어보였다. 두용은 문화가 물이 흐르듯 마음먹은 대로 감정이 시키는 대로 행동하기를 바랐다. 그것이 오히려 자연법칙이라 생각되었다. 두용의 눈에 비친 문화는 감정을 억누른 채 수도자처럼 살아가는 사람이었다. 그러나 두용의 뛰어난 직감에도 불구하고 문화의 마음을 완전하게 해독하지는 못한 것이 분명했다. 문화는 두용이 흐트러진 모습으로 비틀거리며 문화에게 안겨오기를 원했는지도 모른다. 그러나 두용도 정작 문화에게 빈틈을 보여주지 않았다.

그로인해 오히려 문화의 신념은 흔들렸고 그에게서 벗어나기 위한 탈출구를 찾아 헤매는 꼴이 되어버렸다.

　차가 주차장에 멈추고 두용이 문화의 안전벨트를 풀어주려고 문화 쪽으로 상체를 굽혔다. 그때까지도 문화는 남편과 자신을 둘러싼 상황에 대하여 완전히 정리를 하지 못한 채였다. 두용의 목덜미에서 풍겨오는 체취가 바다와 닮았다. 섹스의 절정을 내달리던 때 남편의 가슴에 얼굴을 묻었다. '남자들은 모두 같은 걸까?' 그 때도 지금 두용에게서 풍겨오던 호르몬을 문화의 후각이 감지했다. 오히려 문화가 느끼고 싶고 그리워하는 동물적인 감각이었다. 스스로에게 생각을 들킨 후에, 가슴속으로 해저화산의 폭발로 뜨거워진 바닷물이 들어왔다. 온 몸이 달아올랐고, 심장이 쿵쾅거리며 뛰기 시작했다. 그러나 문하는 비록 악마적일지라도 두용을 사랑할 수밖에 없는, 불가피하여 필연적이며 불가항력적인 구실을 찾아내야만 했다. 그것은 선험적이며 보편성을 가져서 그 누구도 반박할 수 없는 것이어야 했다. 이로써 두용은 어쩔 수 없이 문화에게 전지전능한 신이 되어야할 의무를 진 듯했다.

　― 통영에 왔으니 회를 먹어야죠.

　횟감들이 수조에서 손님들을 기다렸다. 문화가 보기에 그것들은 속박의 모습이었다. 인간은 모든 생물들을 살육하여 먹을 수 있는 권한이 주어져 있었으므로, 짐승과는 다른 거룩한 존재로서의 인류는 신과 같은 모습으로 다시 만들어졌다. 그래서 두용의 '회를 먹어야죠'라는 말이 '인간적으로 살아가야 죠'라는 말로 들렸다. 탐욕과 성욕으로부터 해방된 인간적인 모습은 바로 원죄마저 없는 인간의 모습이었다. 그래서 인간들에게 모든 생물들을 마구잡이로 회를 치고 살을 발라 먹을 수 있는 어찌 생각해보면 잔인하며 끔찍한 권리마저 주어졌다. 입체였던 바다가 어시장에 평면으로 깔려있었다. 생선들은 사람들이 보기에 좋게 늘려있었고 두용이 눈에 띠는 싱싱한 생선을 턱으로 가리키자 주인은 바로 건져 올려 횟감으로 쓱쓱 손질했다. 생선들은 신의 존재를 모르거나 무시하는 벌로 인간의 먹이가 되었다. 그리고 살이 발라지고 뼈가 드러날 때까지도 닥쳐온 위험을 몰랐다. 두용이 말했다.

— 모두 잊어버려요, 날씨가 너무 좋잖아요.

문화에게 그의 말이 예사로 들리지 않았다. 문화의 몸은 그가 말을 건넬 때마다 징처럼 울리며 반응했다. 두용은 상에 마주 앉자 소주를 입에 툭 털어 넣으며 생선살을 초장에 듬뿍 찍어 입으로 가져갔다. 그러나 문화가 보기에 그는 외로운 사람이거나 너무 바쁜 나머지 외로울 틈마저 없는 사람이었다. 문화도 한 때는 '나는 예술과 결혼을 했어'라고 생각했다. 그리고 천연덕스레 잘 살았다. 그러나 문제의 시작은 남편의 새로운 여자와 아이였다. 2천년 동안이나 잠들어 있던 미라가 깨어나고 있었다.

― 2천년도 전에 만들어진, 고루한 책이 아직도 유효하게 현실에 적용될 수는 없을 거야, 자기는 그렇게 생각하지 않아? 개정판이나 증보판이 나와야 한다는 거지, 예를 들자면, 이혼은 전혀 죄가 되지 않는다, 이렇게 말이야.

교회에서 주일마다 만나는 편한 언니가 한 말이 다시 떠올랐다.
그 사이 두용의 얼굴이 붉어지며 바람을 넣은 풍선처럼 부풀었다. 이미 술이 여러 잔 들어간 때문이었다. 문화도 소주를 한잔 했다. 문화가 회를 한 점 집어서 상추와 깻잎에 잘 싼 다음 두용의 입에 넣어주었다. 미안하고 감사한 마음이었다. 문화는 그냥 내버려두기로 했다. 남편도, 남편이 혹처럼 달고 다닌다는 여자와 아이도, 딸 미옥도 마지막으로 두용마저도 그냥 문화의 머릿속에서 마음껏 퍼덕거리도록 버려두기로 했다. 두용이 먼데 있는 초장을 집기 위해 머리를 숙였을 때 다시 갯바람 내음이 끼쳐왔다. 드라마에서처럼, 내일 아침, 잠에서 깨어났을 때 같은 침대에 잠들어 있는 두용을 상상해보았다. 두리뭉실하게 똥 싼 위에 주저앉아 짓뭉개듯 두용을 받아들일까 생각해보았다. '내가 왜 그렇게 대충 살아야 하지?'라는 것이 문화가 스스로에게 한 대답이었다. 윤리적인 인간만이 신을 요청할 수 있을지도 모른다는 막연한 기대를 해왔다. 그 통로를 막아버리기에는 바다와, 이제 그 위를 비추기 시작한 달빛이 너무 아름다웠다.

#

　밤바다는 시원했다. 문화는 걸어가며 두용에게 팔에 기대었다. 두용이 문화의 어깨를 감싸며 말했다.

― 난 그리스 신화속의 조각가 피그말리온이었어요, 제가 상상하는 이상형의 여인을 마음속으로 조각을 했습니다. 그리고 그 조각상이 사람이 되기를 매일매일 간절히 기도했어요,

　'이 남자는 왜 이러는가? 알아듣기 쉽게 '사랑한다'라고 하면 될 것을. 문화는 마음을 주는 것이 무섭다는 것을 알고 있었다. 이래저래 미운 남편을 먼지처럼 쉽게 뇌리에서 떠나보내지 못하는 이유였다. 그래서 문화는 그냥 조각으로 남아있기를 원했다. 조각은 돌로 된 심장을 가져서 좀처럼 따스한 혈류가 흐르지 않았다. 문화가 바람에 약간의 애교를 섞었다.

― 그 조각상은 마침내 인간이 되었어요, 그리고 조각가 피그말리온과 행복하게 살았어요. 그렇죠?

　두용은 분명 감정을 꾹꾹 눌러 참는 모습이었다. 그 증거로 두용의 몸은 경직되어 있다. 두 사람은 잠깐 동안 말이 없었다. 파도가 말이 없는 공백을 검푸르게 색칠했다.

(기대고 싶어요, 그러나 두용씨를 사랑한다고 말한다면 거짓

말일 게 분명해요.)

 잠시 침묵이 흘렀다. 다시 문화가 검정색의 침묵을 깨며 결심한 듯 두용에게 말했다.

― 하지만 조각이 하루만 인간이 될 수는 없을까요?

 문화는 두용을 떠보려는 생각이었다. 그가 만일 그러자고 한다면 그에게 안길 생각이었다. 그리고 나면 홀가분하게 잊을 수가 있을 것만 같았다. 한편 두용은 영원히 인간이 되지 않고 조각으로 남아있을 문화를 생각했다. 인간이 되어 두용의 아내로 살아가는 문화도 머릿속에 그려 보았다. 그 어느 것도 미완일 뿐이었다. 더욱이 두용은 조급하게 굴어서 일을 그르치는 바보가 아니었다. 두용이 말했다.

― 조각상은 당분간 친구로 남아 있는 것도 좋겠어요.

 문화는 점점 두용이 두려워지고 있었다. 그는 문화의 마음을 가지려는 것이었다. 오히려 하루 인간이 되어 깊은 잠에 빠지는 것으로 그와의 관계를 정리하려는 문화의 의도가 들키고 말았다. '간절히 원하면, 마음으로 그려낸 조각 작품도 사람이 된다'는 신념으로 문화가 마음을 열어주기를 기다리겠다는 것이었다. 문화는 슬펐다. 그녀는 그럴 마음이 없었다. 삶의 여백은 반드시 남자로 채워지는 것은 아니었다. '눈이 시뻘개져 맛있는 거 찾아다니며 남이 먼저 빼앗아 먹을세라 배 터져라 먹고, 발정난 개처럼 죽자 살자 짝 찾아 날밤 새워 빠구리 하는 것만이 전부인가?' 안타까운 마음에 스스로를 향해 다소 거칠게 물어보았다. 문화는 열정을 바칠 다른 많은 것들을 가지고 있었다. 그녀는 예술가로 열정을 꽃피우고 싶었다. 오히려 남편을 사랑하여 온전히 차지하려는, 얼굴도 모르는 여자가 고마웠다. 그래서 어찌 보면 불행이어야 할 남편의 외도마저 문화에게는 행운으로 비쳐질 때가 있었다. '고마워 바람피워줘서, 날 버려주어서 고마워, 난 섹스 외에도 재미있고 흥미로운 게 너무나 많아'라고 생각했다. 꽃노래도 한두 번이지, 싫증나는 게 남녀 간의 사랑이고 욕정이었다. '한 남자 한 여자와 매일 같은 짓거리를 하고 싶어? 질리지도 않아?' 마음에 물었다. 그러나 지금, 의외의 대답으로 문화를 당황하게 만들어 버린 두용이 거부 할 수 없는 파고로 다가오고 있었다. 하지만 어떤 경우에도 솔직한 것이 최선이라면, 마음의 꺼풀을 완전히 벗고 운명과 한판 죽기 살기로 싸움을 벌이듯 사마리아 여인 문화가 기다리는 남편은 채운도 두용도 아닌 영원한 생명의 물이었다.

샤론의 장미

엘(티)은 요즘 부쪽의 안살림을 도맡아 하는 미옥이 아가서(The Song of Solomon, 2,1)의 '나는 샤론의 장미입니다(I am the rose of Sharon)'구절을 읽고 있다는 것을 알았다. 가장 비옥하고 성스러운 땅인 샤론에 핀 아름다운 꽃이라는 상징적인 의미를 지닌 '샤론의 장미'는 무슨 이유인지 샤론으로부터 멀리 떨어진 대한민국의 국화, 무궁화無窮花의 영어이름이기도 했다.

미옥은 아버지의 한국행이 늦어지는 이유가 어머니의 소극적인 태도 때문이라고 지레 결론을 내렸다. 그 배경에는 어머니의 새 남자인 두용 사장이 있었고, 그의 외아들이 바로 준석이었다. 아버지는 미옥과 함께 성스럽고 비옥한 대한민국, 샤론의 장미가 만발한 땅에서 살아가야 한다는 것이 미옥의 다짐이었다.

미옥의 조금은 이기적인 발상이지만, '6만년의 섬'의 부족장인 준석이 미옥의 연인이 된다면, 어머니는 준석의 장모가 될 수밖에 없는 운명이었고, 또 내심 미옥이 그렇게 되기를 어쩌면 간절하게 바라고 있는지도 모를 일이었다. 미옥의 어머니는 준석의 아버지인 두용에게 빠졌고, 미옥은 이것을 어머니가 열병에 걸린 것으로 간주하고 싶었다. 어머니는 '열병에 걸린 베드로의 장모'가 될 운명이었다. 그리고 마침내 열병이 말끔히 치유되기를 고대했다. 미옥이 너무나 간절히 기도를 했으므로, 소년 엘은 준석 베드로의 장모가 빠진 어려운 문제를 치료하는 일에 관심을 갖기로 했다.

    소년 엘의 기억으로는 오늘처럼 식사모임의 구성원들이 한 명도 빠짐없이 모두 모인 것은 드문 일이었다. 그리고 그들이 저마다의 사연을 옷에 달라붙은 먼지처럼 달고도 아픈 기색 없이 섬에 나타나 준 것에 감사했다. 마치 어린 양들이 한 마리도 낙오되지 않고 목자 엘의 우리에 돌아온 듯 흐뭇했다.

    대기업 사원 수한은 대리로 승진이 되었다. 그러나 보라는 최근 폭력조직을 일망타진한 이야기를 언급하지 않았고, 희수 역시 이제 파산절차가 모두 끝이 났다는 것을 식구들에게 말하지 않을 작정이었으므로, 이런 사실들을 소상히 들여다보듯 알고 있는 엘과, 서로에 대하여 부분적으로 알고 있는 비밀을 꽁꽁 숨긴 채 살아가고 있는 식구들은 여전히 이 거룩한 부족이 한 명의 의사 겸직 호스트와 또 형사반장 호스티스를 보유하고 있다는 사실에 대해 그다지 관심을 기울이지 않았고, 다만 매일 저녁 함께 모여서 밥을 먹는다는 것에 만족했다. 다단계 판매 왕, 헌률은 철학 교수직보다도 판매망의 확충에 매진하여 결국 또 다시 전국 일등을 거머쥐었다.

    고립된 자들의 섬인, 6만년의 섬, 만찬 상에 부족 사람들이 둘러앉는 것을 보고, 엘이 밥솥의 뚜껑을 열어젖히자 김이 무럭무럭 올라왔고, 엘은 신나게 밥을 푸기 시작했다. 식구들은 생명의 양식으로 간주되는 밥과 국을 맛있게 나누어 먹었다.

한편으로 준석은 요즈음 미옥의 태도가 어딘지 어색하다고 느꼈다. 어쩌다 돌아보면 미옥이 물끄러미 준석을 보고 있다거나, 미옥이 화를 내거나 웃을 때에도 전혀 상황과 박자가 맞지 않은 경우가 많았다. 그러나 준석의 눈에 비친 미옥은 빈티지 옷을 입은 인형처럼 수수한 매력이 있었다. 이제 갓 대학 신입생이 된 미옥은 준석이 시키지 않은 일도 도맡아 했으므로 그녀는 어렸지만 부족의 안주인 역할을 무리 없이 해냈고, 사람들은 미옥과 준석이 오래 전부터 알아온 사이인 것으로 착각을 하게 되었다. 그 증거로 준석에게 전달할 말이 있거나 부탁할 일이 있으면 대신 미옥에게 하면서도 왜 그래야만 하는지 스스로에게 묻지 않았고 당연하게 생각했다. 어느 사이 미옥과 준석은 자타가 공인하는 연인 사이가 되어 있었다. 그러나 이런 배경에는 미옥의 치밀한 계산이 깔려있었다. 준석과 미옥이 연인사이로 발전할 경우, 어머니는 새로운 남자를 포기할 수밖에 없을 것이라는 다소 엉뚱한 발상이었다. 그리고 그 다음으로는 '열병에 걸린 베드로의 장모를 치유'하는 일만이 남을 것이었다. 미옥의 계획에 의해, 6만년의 섬 부족장 준석 베드로는 결혼을 한 유일한 사도가 될 운명이었다.

이즈음 소년 엘은 비틀거리는 또 한 마리의 양, 수한에게 더 관심을 가질 수밖에 없었는데, 수한이 15세기경 이탈리아 카시아Cascia지방에서 일어났던, 성체가 인간의 피로 변한 성체 기적에 대해 묵상하고 있다는 것을 알고 나서였다. 그동안 소년 엘이 인간들에게 보여준 이런 저런 기적은 그다지 새로울 것이 없었는데, 양들이 유유히 거닐며 살아가는 지구 행성 자체가 바로 기적이었다.

엘의 암시로, 준석은 족장으로 있는 '6만년의 섬'에 '은화를 입에 한가득 문 물고기'들을 잡아 올리려는 기획이 모두 현실이 되어가고 있는 지금의 상황에 놀라고 말았지만, 모든 인간의 굴곡진 삶이 바로 기적이었다. '6만년의 섬' 식사모임의 사람들은 생기가 넘쳤고 모임은 더욱 활기를 띠었다.

한편 양의 무리에서 조금 떨어진 채 생각에 잠긴 대기업 사원 수한은 카시아의 성체기적(성녀 리타가 성합에 넣은 성체가 피로 변한 기적)을 통해 무엇을 알고 싶은 것일까? 소년 엘로서는 짐작되는 것이 있었지만 좀 더 지켜보기로 했다. 그는 물위를 걸으려는 것이었다. 마침내 물의 부력이 악의 중력을 이겨낸 결과로 물 위를 걸을 수 있을지는 순전히 수한의 신념에 달려있었다.

엘은 포도주를 유리잔에 부어 이제 막 식사를 하고 식탁에 숟가락을 놓는 수한에게 주었다. 피 빛깔이었다.

결혼을 합시다

희수는 냉동난자연구시설의 연구원으로 복직을 했다. 그것으로 그는 두 가지 문제를 해결했는데, 우선 경제적인 상황이 놀랄 만큼 호전되었고, 그보다 더 중요하고 희수가 인생을 걸다시피 한 것으로 언제든지 원하기만 하면 보라의 난자가 잘 보관되고 있는지 살펴볼 수도 있게 되었다. 보라가 희수의 배우자는 아니었지만, 의사 희수는 마치 임신한 아내와 태아를 관찰하는 기분으로 매일 저녁 보라와 식사를 하고, 은밀하게 빼돌린 보라의 난자를 컴퓨터 영상으로 감상했다. 매일 저녁, '6만년의 섬'에 차려진 식탁에서 아내를 만나듯 그녀를 만났다. 섬에 배달 음식을 반입하는 것은 금기시되었지만 양해를 얻어 피자나 치킨을 시켜먹는 일도 발생했는데 주로 희수가 한턱을 쏘는 경우였다. 희수는 임신한 아내에게 하듯 살뜰하게 보라를 챙기는 자신이 이상하다는 생각을 하지 않았다. 그리고 그럴 즈음, 대기업 사원 수한의 그림자가 얼핏 얼핏 자신과 보라 사이에 비쳐드는 것을 느꼈다.

의사 희수가 계단실에서 보라와 대기업 사원 수한이 나누는 이야기를 우연히 들었다.

― 왜, 네가 수한이었다고 말하지 않았어? 지금 내 기분이 어떤지 말해줘?

보라는 수한에게 사뭇 도전적이었다. 보라와 수한의 대화가 공명이 되어 의사 희수의 마음에 파장을 남기며 울렸다. 대기업 사원 수한이 말하는 소리가 나직이 들렸다.

― 과거 여친에게 내가 누구였다고 굳이 밝힐 필요가 있었을까?

수한이 보라가 던진 공을 받아쳐 외야 깊숙이 날려 보냈다. 다행히 공은 파울라인을 넘었다. 투수 보라는 한편으로 안도하면서도 안타를 맞을 뻔했다는 실망감에 고개를 떨궜지만 이내 다른 구질의 공을 준비했다. 관중석의 수한이 보기에는 보라의 다음 구질은 체인지업으로 짐작되었다.

― 그 말을 들으니 더 기분이 나빠지려고 해, 그럴 필요마저 없었다는 건 무슨 의미야?

보라가 기분이 나쁜 이유는 수한이 자신을 떠난 후에 그렇게 쉽게 잊을 수 있었고, '6만년의 섬'에서 다시 만난 후에도 수한이 그냥 덤덤하게 보라를 남처럼 바라 볼 수 있었다는 것이었다. 수한은 보라보다 더 소중한 무엇을 가진 사람처럼 보였으므로, 학창시절의 보라는, 수한이 보라를 사랑한다는 고백의 진정성을 굳이 따져보기로 했었다. 보라의 예상대로 수한은 사랑한다는 고백을 한 뒤에 보라를 떠났다. 다만 수한이 보라와의 관계를 지속할 수 없었던 것, 보라를 사랑하는 것보다 더 중요한 일이 무엇이었는지가 보라로서는 내내 궁금했지만, 그는 과거에도 지금도 그것에 대해서는 전혀 언급할 마음이 없어 보였다. 이쯤에서 보라는 타자를 공략하기 위해 더 이상 던질 수 있는 구질이 없었다. 그래서 고의사구를 던져 1루 베이스까지 걸려 보냄으로써 상황을 일단 피하기로 했다. 아직도 타자인 수한의 속마음을 읽을 수가 없다고 판단했다. 그러나 그는 내공이 있는 강타자인 것만은 분명했다. 그녀가 마지막 순간에 던진 공은 데드볼로써, 공은 수한의 머리를 맞추었다. 더구나 보라가 던진 공은 강속구였다.

― 넌 비겁했어. 정면 도전을 하지 않고 위기를 모면하기 위해 몸을 피했어. 내게서 사라져버린 거야, 이유를 설명하지도 않은 채 말이야.

수한은 머리에 공을 맞고 1루로 천천히 걸어가며 생각했다. 헤어질 당시, 무엇이 수한으로 하여금 보라를 멀리하게 한 것인지? 그에게는 아직도 의문부호로 남아있었다. 현기증을 느꼈다. 그리고 왜 보라의 뒤를 좇아 '6만년의 섬'을 찾은 것인지? 여전히 어지러웠다.
수한과 보라, 두 사람의 대화를 엿들은 의사 희수는, 자신의 정자와, 인공수정을 통해 아이의 엄마가 될 냉동난자의 주인공 보라에게 남자가 있었다는, 있을 수 있는 과거를 알고 난 뒤 이상한 기분이 되는 심중을 이해할 수가 없었다. 냉동 난자의 주인, 보라를 마음속으로 아내로 여겼다면 문제는 쉬운 실마리를 내보이겠지만 그렇지 않다면, 희수의 마음 한구석이 개운하지 않은 원인은 미궁 속에 빠질 수밖에 없었다. 사실 보라는 난자를 도둑맞았고, 난자 도둑인 의사 희수는 도리어 지금 불쾌한 기분에 사로잡혔다.

세 사람은 저녁을 뜨는 둥 마는 둥 했다. 그리고 각자 다른 이유로 서로의 얼굴을 쳐다보지 않은 채 밥을 먹었다.

#

한편 족장 준석은 여섯 개의 날개를 가진 스랍 천사들(이사야 6,2)이 외형적으로는 수학교습소 건물이며, 그 안에 '6만년의 섬'을 담고 있는 건물의 옥상을 스치듯 헬리콥터처럼 날아가는 광경을 상상해보았다. 그러나 실제로는 천사들이 두 개의 날개로는 얼굴을 가리고, 또 다른 두 개의 날개로는 몸을 가린 후에, 남은 나머지 두 개의 날개만을 사용하여 날아다닌다고도 알려져 있었다. 천사들마저도 저지른 죄가 부끄럽다면, 인간들은 무거운 죄로 인해 날개마저 완전히 퇴화하여 마침내 타조처럼 걸어 다녀야만 하는 것일까? 준석이 이런 생각을 하게 된 것은 미옥을 사랑하기도 전에, 함께 있고 싶다거나 심지어 미옥을 만지고 싶다는 욕구에 사로잡힐 때가 종종 있었기 때문이었고, 이런 미성숙하고 동물적인 충동이 일방적이어서, 미옥은 전혀 그럴 마음이 없을 것이라는 확신이 있었다. 그에게는 스랍 천사처럼, 날기 위한 것이 아닌, 여러 쌍의 수치심을 가릴 날개가 절실하게 필요했다. 적어도 그런 생각을 한 것은 그동안 믿어왔던 욕구를 조절할 장치가 충분한 통제력을 가지지 못했다는 생각이 들었기 때문이었다. 그래서 준석은 미옥에게 달려가려는 마음을 붙드는 제동 장치를 급하게 가동했고, 그럴 때면 가슴속에서는 타이어가 도로에 마찰되어 타는 것과 같은 냄새가 피어올랐다. 한편 미옥은 설거지를 할 때나 식탁에 숟가락을 정돈하여 놓을 때, 그리고 아무 생각 없이 일을 할 때, 준석의 시선이 자신에게 머무는 것을 느꼈다. 미옥은 준석의 시선이 닿는 목덜미와 등 그리고 손목과 피부 부위에 미미할지라도 분명한 간질임의 전율과, 시간이 흐를수록 그 부위의 근육은 긴장되어 마침내 통증마저 느끼는 것이었다. 준석의 시선은 미옥을 녹일 듯 따스하고도 감미로웠다. 미옥이 준석의 바라보다가 우연히도 두 눈이 마주칠 때는 그만 눈을 감아버리고 말았다. 눈이 멀어버릴 것 같았기 때문이었다. 준석의 인간에 대한 헌신적이며 성실한 태도가 미옥을 감동시켰다. 준석은 미옥을 비롯하여 조금씩 결핍이 있어 보이는 부족 사람들을 성심껏 돌보아, 그들은 이제 마음에 안식을 찾아가는 과정에 있었다. 그는 솔선하여 물 위를 걸어 보임으로써 사랑의 부력이 미움이나 증오의 중력을 이길 수 있다는 것을 보여주려는 것일까? 미옥의 눈에 그는 사랑과 용서라는 부력을 믿고 물위를 걷는 베드로 같은 사람이었다. 혹은 부족 사람들이 생각했던 것 보다 인류는 선량하니 희망을 가져보라는 것인가? 그는 마침내 생명이 없는 조각상 같은 사람들의 가슴에 숨을 불어 넣으려는 것인가? 그는 부족 사람들이 고립에서 벗어나 사회적인 인간으로 살아가기를 기대했고 그것이 부족 사람들에게 잔잔한 감동을 주었다. 그런 인간적인 면이 미옥의 마음도 움직인 결과로, 미옥은 그의 눈길이 스치는 대로 몸이 민감하게 반응하고 말았다. 그리고 준석이 미옥의 마음만은 들여다보지 않기를 바랐다. 그 시선에 마음을 찔려, 미옥은 못 견딜 만큼의 간질임에 이성을 잃고 웃고 또 웃다가 마침내 울게 될까봐 두려웠다. 사랑의 크기만큼 두려움의 크기도 자라났다. 그리고 준석이 절대로 하지 않기를 바라는 것이 있었다. 미옥의 허리 부분에 우연히 손을 대거나 약간이라도 스치는 일이 일어나지 않기를 바랐다. 미옥은 그곳이 너무나 민감해서 그럴 경우 갑자기 몸을 돌리거나, 혹시라도 주방에서 그런 일이 벌어진다면 놀라서 뜨거운 국을 쏟아버리거나 들고 있던 국자로 얼굴을 강타하는 일이 벌어질지도 모르기 때문이었다.

#

이 무렵, 문화는 브로커로부터 기다리던 전화연락을 받았다. 남편이 중국에서 낙오되었고 여자와 아이만 태국으로 무사히 탈출해 한국행을 기다리고 있다는 소식이었다.

― 나중에 온다고 했는데 그 후로 연락이 끊어졌어요. 공안에

체포되었다는 소문만 있어요. 그런데 여자분 말로는, 아이가 문화씨 남편의 아이가 아니라는데요! 바깥양반께서 제게는 분명 자기 아이라고 했었는데 말입니다. 이상하죠?"

문화는 남편을 잘 알았다. 자신이 일은 잘 챙기지 못하면서도 남의 일에는 목숨을 거는 사람이었다. 불의를 보고 못 참는 성격이 언제나 그를 불편하게 했다. 자신의 아이라고 해야 브로커가 여자와 아이를 잘 보살필 거라는 계산이 깔렸을 것이다. 아마도 오다가다 만난 불쌍한 사람들로, 남편과 전혀 일면식이 없던 사람일 수도 있다. '그러고도 남을 사람이지' 그런 그를 문화는 원망했다. 그리고 얼마나 미워했던지. 문화는 갑자기 남편이 그리워졌다. 이제는 '올 테면 오고, 말테면 말고' 하던 마음이 싹 달아나고 갑자기 남편이 보고 싶어졌다. '그러면 그렇지, 사랑하는 남편, 우리 미옥이 아버진데' 사람 마음이 이리 간사한 줄은 자신도 몰랐었다. 문화는 공연 후에 두용과 만나기로 한 약속도 잊고 브로커에게 다시 전화를 하고 있었다. 그 잠시 동안 브로커가 다시 알게 된 사실은, 문화의 남편은 중국 공안에 잡힌 게 아니라, 공안과 격투를 벌인 끝에 그를 초주검으로 만들어 놓고 달아났다는 말을 전했다. '사나운 강아지 콧잔등 아물 날 없다더니!' 문화는 끌끌, 혀를 찼다. 그러면서 안도의 숨을 내쉬었다. 그런 남편이 밉지 않았다. '남편만한 인품도 없다, 사내라면 그래야지' 생각했다.

이럴 즈음 김두용 사장은 점점 결심을 굳혀가고 있었다. 문화를 사랑한다는 확신이 생겼다. 문화를 며칠씩 만나지 않았을 때는 일이 손에 잡히지 않는다거나 멍하게 마음 줄을 놓았다. 그리고 마음속으로는 문화의 남편은 이미 죽었으며, 문화는 중세 이탈리아의 성녀 리타(Rita)처럼 미망인으로서 수도자가 되겠다는 결심을 한 성스러운 여자로 간주하려는 마음이 생겼다. 문화는 지금껏 두용에게 흐트러진 자세를 보이지 않았다. 최근 문화가 두용과의 만남을 의도적으로 피한다는 사실을 알고부터는 평소의 냉철한 사업가였던 두용으로서도 스스로의 마음을 알 수가 없고 이해할 수 없는 이상한 기분에 사로잡혔다. 더구나 이런 생각을 행동으로 옮기려는 다소 위험한 상황에 처하고 말았다. 성녀가 되려는 여자를 아내로 삼으려는 것이었고, 이것이야말로 서로에게 바람직한 결정이므로 지금 당장은 거절하지만 마침내 문화도 이해를 할 것이라고 생각했다.

― 내가 일을 저질렀어요.

오랜만에 커피숍에서 만난 두용이 문화에게 말했다. '무슨?' 문화가 바라보았다.

― 공연과 연습을 동시에 할 수 있는 공간입니다. 받아줄 걸로 믿어요.

문화도 두용의 마음을 알고 있었다. '그는 청혼을 하고 있다' 그러나 두용의 마음을 다치게 할 수는 없고, 그럴만한 자격도 없다고 여겼다. '내가 뭐라고 그렇게 무리를 해요?' 하면서도 그 마음만은 너무나 고마웠다. 그리고 어떻게 이 상황을 잘 수습해야 할지 머리를 짜내어야했다. 이때 두용은 문화가 거절할 경우에 대비하여 미리 서류를 준비했다는 사실을 스스로에게 일깨웠다.

— 고마워요, 이렇게 까지 생각해주시다니, 하지만 전 공연장을 임대하는 걸로 하고 싶어요.

두용이 카드를 꺼낼 차례였다.

"우리 두 사람 공동명의로 매입을 했습니다. 폐교라서 도심에서 접근성이 좋고 도로여건도 괜찮은 편입니다. 운동장이 그대로 주차장이 되고 강당이 공연장으로 탈바꿈하게 돼요. 그리고 교실은 연습실과 숙소, 사무실로 쓸 수가 있어요."

문화가 꿈꾸던 것이었다. '그는 소원을 단번에 이루어주는 대가로 무얼 원하는 것인가?' 문화는 이것이 청혼, 그 이상의 것임을 알았다. 그는 물러설 의사가 전혀 없어보였고, 문화가 거절 할 수 없도록 소유권의 이전등기까지 마친 상태였다. 두용의 마음이 애처로웠다. 그에게서 술 냄새가 풍겨왔다. '그는 용기를 내기 위해 술을 마셨나 보다' 그러고 보니 평소보다 얼굴이 상기되어 있다. '뭐라고 대답해야 할까?' 남편의 얼굴이 떠올랐다. 지금 어느 곳을 헤매고 다닐지 알 수 없는 일이었다. '혹시 죽지는 않았을까?' 그리고 지금 문화의 앞에는 또 한 척의 거대한 배, 김두용 사장이 정박할 항구를 찾고 있었다. 이런 어려운 결정을 내려야 할 때 문화는 한 가지 특이한 습관으로, 자신이 신봉해마지않는 신에게 그 답을 묻는 버릇이 있었다. 문화는 두용의 청혼을 거절하기로 했다. 그는 새로운 항구를 다시 찾아야 할 운명이었다. 문화가 두용을 바라보지 않고 말했다.

― 남편이 살아있다는 소식을 들었어요.

문화는 어쩌면 거짓말이 될지도 모를 말을 하고 있었다. 그러나 문화로서는 착한 남자 두용이 남편이 죽었는지 살았는지도 모르는 여자를 아내로 맞이하는 것이 바람직하지 않다는 생각이었다. 부두에는 단 한 대의 배만 정박이 가능한 접안시설이 갖추어져 있었다. 그리고 그 배는 오리무중이었다.

#

엘이라는 소년이 문화의 아파트를 다시 찾아온 것은 문화가 두용과 헤어진 날로부터 사흘쯤 뒤였다. 딸 미옥은 잘 지내고 있고, 저녁 식사 모임에도 잘 나오고 있다고 했다. 문화로서는 평소 쌀쌀맞게 굴며 연락도 없는 딸 미옥의 소식이 궁금하던 차여서 엘의 방문이 반가웠다.

― 당신이 카시아에 있는 마리아 막달레나의 아우구스티누스 회에 입회하는 것을 허락합니다. 15세기 초, 성녀 리타 이후에 결혼한 여성의 입회는 한 번도 허락된 경우가 없었어요, 아주 드물 뿐만 아니라 예외적인 결정입니다.

문화는 소년 엘이 농담을 하고 있다고 생각했다. 문화의 남편은 사람 좋은 티를 냈다. 약주를 마시고는 불의를 참지 못하고 욱하는 기분에 남과 주먹다짐을 자주해서 문화가 마음을 졸이기가 일쑤였다. 이번의 경우도 그냥 브로커가 안내하는 대로 순순히 따라오면 될 것을, 왜 남의 일에 끼어들어 공안에 쫓기는 처지가 되어야만 하는지 원망스럽기만 했다. '하지만 그는 살아있다'라고 스스로에게 다짐했다.

― 당신은 결혼을 했고 딸이 있어요. 그러나 간절히 입회를 원하는 당신을 거절 할 수 없었어요.

문화는 지난 공연의 여독이 풀리지 않았는지 식탁에 엎드려 잠들어있었다. 꿈을 꾸며, 환시를 보았다고 생각되었고, 당시 엘의 머리에 후광이 비치었던 것을 기억해냈다. 그리고 '남편은 살아있을까?' 다시 스스로에게 되물었다. 아마도 그럴 것이었다. 그가 대한민국에 무사히 도착했을 때, 이미 결혼을 해버린 문화를 발견한다면, 이미 죽어서 영혼이 되어서라도 아내와 딸을 찾아온다면, 그래서 먼지처럼 사라져버리고 아무 것도 남아있지 않은 텅 빈 에덴동산을 발견하고야만다면? 문화는 고개를 가로 저였다.

문화는 이미 마음의 결정을 한 터였고 엘이 그 마음을 다시 한 번 확인해준 거라 생각하기로 했다.

— 나는 베드로의 장모인, 당신이 열병에 걸렸다는 소식을 들었어요 (마태 8.14).

문화는 자신이 어째서 성녀 리타였다가 베드로의 장모가 되어버린 것인지 알 수는 없었지만, 소년이 하는 말에는 위엄이 있었다.

— 부족장 준석은 결혼한 유일한 사도가 될 겁니다. 참으로 인간적인 면모가 많은 사람입니다. 하지만 겸손하죠. 내가 그에게 물고기 입 속에 든 스타테르짜리 은전으로 성전 세를 바치라고 했어요.(마태17,27). 그는 내가 보여주려는 기적을 의심하지 않고, 시킨 대로 바다에 가서 낚시를 던져 맨 먼저 낚은 고기의 입을 열어 보았어요.

소년 엘이 마지막으로 말을 남기고 '6만년의 섬'으로 돌아갔다. 그는 '어디에나 언제나 있는 자'처럼 보였다. 그러나 문화는 '이 산더러 저 산으로 옮겨져라'라는 식의 말은 함부로 하지 않는 편이었다. 만일 그 말을 곧이곧대로 받아들여 가까이 있는 산을 향해 서슴없이 저쪽으로 옮겨지라고 말했을 때

'혹시 옮겨지지 않으면 어쩌나?' 하는 걱정이 앞섰기 때문이었다. 남편이 무사히 대한민국으로 들어오기를, 기적이 일어나기를 바랐다. 그러나 소년 엘은 아마도 문화가 사랑과 용서의 부력을 조금이라도 의심하는 것을 달가워하지 않을 것으로 짐작되었다. 문화도 소년 엘의 말을 믿고 무작정 물위를 걷기로 했다. 문화는 꿈속에서 첨벙첨벙 물위를 걸어갔다. 건너편의 물가에 남편이 기다리고 있었다. 그리고 마침내 문화가 사랑의 힘으로 두 사람 사이에 가로 놓인 바다를 무사히 건너오기를 기다리는 듯했다. 시커먼 파도는 배반이나 욕정, 탐욕, 교만 그리고 악으로 일렁거리는 장애물이었으나 문화는 물위를 걸어서 건너갔다. 그러는 사이 산이 천천히 움직여 바다기 메워지는 것을 문화가 모르고 있었을 뿐이었다.

#

한편 부족 사람들은 시간이 흐름에 따라, 섬에서의 공동생활에 점점 익숙해져 갔다. 그러자 다른 종류의 불만이 터져 나오기 시작했다. 보라가 말했다.

— 혼자 밥을 먹을 경우는 시간과 장소에 구애받지 않았어요, 어디 그뿐이겠어요, 메뉴도 마음대로 정할 수 있죠. 그리고 중요한 것, 먹지 않을 수도 있다는 거예요, 한 끼 정도는 건너뛰는 거죠.

매일 만나서 저녁을 먹는 모임은 부족 사람들의 외로움을 달래주는 중요한 역할을 했지만, 집에서 오고 가는 시간과 '공동취사'를 위한 노동을 제공해야만 했다. 그리고 한 끼를 건너뛸 수 있는 자유와 마음대로 식탁과 주방을 어지럽히고 한동안 치우지 않고 내버려둘 수 있는 자유를 잃게 되었다.

— 이런 생각을 해보았어요. '섬을 통째로 들어서 나의 보금자리로 옮기는 방법은 없을까?'라는 것이었죠.

부족 사람들은 의아한 표정으로 보라를 바라보거나, 음식물을 천천히 씹으며 고개를 돌리지 않은 채 귀를 기울였다.

— 그건 간단한 일이었어요. 우리는 사람을 만나기 위해 모였어요. 함께 밥을 먹기 위해서 말이죠, 어찌 보면 짝퉁 가족인 셈이에요, 모두들 이 점은 인정할 거예요?

이제 부족 사람들 가운데 절반 정도는 보라의 말을 이해했다. '6만년의 섬'을 자신의 보금자리로 옮겨 간다는 말은 정을 나눌 수 있는 가족을 만든다는 의미였다. 그리고 추운 마음을 잠깐 녹이는 심정으로 함께 모여 식사를 하지만, 이내 내몰리듯 뿔뿔이 각자의 거주지로 돌아가야만 하는 현실에 공감하는 것이었다. 섬 식구들은 묵상에 잠겼다. 도치가 잠시의 침묵을 깨며 말했다.

— 우리는 다시 좀 더 진화한 형태의 섬을 건설할 필요가 있

겠어요. 찾아가지 않아도 되고, 항상 나의 곁에 있어서 시간과 장소에 제약도 받지 않는 섬 말입니다.

모두 동의를 했지만 어떻게 그 섬을 조성할지 방법을 아는 사람은 처음으로 '6만년의 섬'의 불합리성과 비능률성을 꼬집은 보라뿐이었다. '의사 희수와의 결혼이 그 답이 될 수 있을까?' 보라는 머릿속을 맴도는 여러 개의 답을 도화지에 실제로 그려보고 있는 중이었다. 보라가 비밀이라고 여기는 해결의 방법에 대하여 어렴풋이나마 낌새를 챈 또 한 사람이 있었다. 바로 보라의 난자를 은밀히 냉동보관하고 있는 산부인과 전문의 희수였다. 희수는 보라의 냉동난자와 자신의 정자를 인공 수정하여 태어날 시험관 아기가 미래에 또 다시 '6만년의 섬' 부족원이 되지 않을까 염려가 되었다. 그리고 외로움을 달래기 위해 어쩔 수없이 짝퉁 식구들 가운데에서 함께 밥을 먹는 지금의 처지를 되돌아보게 되었다. 어차피 혼자 살아갈 수는 없으며 남의 이방인이 바로 자신임을 어렴풋이 깨달아가고 있었다. 그가 고개를 들자 식사를 하고 있는 난자의 주인 보라가 눈에 들어왔다.

#

한편, 모든 젊은이들의 특징 가운데 하나로 부족의 안주인 역할을 도맡은 미옥은 열정적이었다. 스무 살은 뇌 속의 신경전달물질인 '페닐에틸아민'의 농도가 상승하여 그 작용이 활발한 시기였다. 이것은 열정의 호르몬으로, 이성을 사랑하는 감정이 생길 때 샘이 솟아오르듯 분비되는, 천연 초콜릿처럼 달콤하고 신비스러운 물질이었다. 어머니에게 새로운 남자가 생겼다는 지레 짐작 끝에, 토라진 마음을 안고 서울로 올라와서 원룸에 살고 있지만 모든 남자를 혐오하기에 미옥은 너무나 젊었다. 그리고 그 여성의 절정기에 멘스의 양이 많아서 고생을 하는 편이었다.

신은 가임기의 여성에게 초콜릿처럼 달콤한 호르몬을 선사했고, 그 존재는 감추어져, 젊은 여성들 중의 일부는 전혀 눈치 채지 못한 채 살아갔다. 이 열정의 호르몬은 사랑에 눈멀게 하여 상대의 단점마저 보지 못하는, 일종의 환각 상태에 빠지게 하며, 그럼에도 그 존속 기간이 너무나 짧아서 3년을 넘지 못한다는 단점이 있었다.

준석이 미옥의 옆을 스치듯 지나갈 때, 그의 몸에서는 향기가 피어올랐다. 그만의 특유의 냄새는 오래 미옥의 뇌리에 남아 사라지지 않았으므로, 그런 날 밤에는, 그리움과 괴로움이 미옥의 꿈을 지배했다. 준석은 흰 셔츠와 청바지를 즐겨 입었다. 바지가 터질 듯 탄탄한 허벅지와 엉덩이는 미옥의 시선을 강탈해 눈멀게 했고 셔츠 안으로 비치는 구릿빛의 근육질 피부는 단단해 보였다.

미옥이 저녁 식사 준비를 하며 수건으로 이마에 흐른 땀을 훔치고 있을 때였다. 바로 곁 식탁의 의자에 앉아 감자를 깎고 있던 준석의 장난기가 발동했다. 미옥을 당겨 그의 무릎에 앉혔을 뿐이었다. 누가 생각해도 흔히 일어날 수 있고 단지 장난으로 보이는 이런 행동이 미옥에게는 생애를 통해서 한번 일어날까 말까한 하나의 큰 사건이 되고 말았다. 어쩔 수 없이 준석의 손이 미옥의 허리에 닿았다. 미옥으로서는 정말 이상한 일이었다. 평소 같으면 허리에 누군가의 손이 스치기만 해도 펄쩍 뛰며 자지러졌을 미옥은 준석의 손을 뿌리치지도, 놀라지도 않았다. 간지럽다는 느낌도 없었다. 다만 온 몸이 아이스크림처럼 녹아내리는 것만 같은, 알 수 없는 감정에 사로잡혔다. 시간은 멈추었고 머릿속은 온통 하얘졌다. 그리고 고개를 들었을 때, 준석의 환한 웃음이 바로 코앞에 있다는 걸 알고 그만 기절을 하고 말았다. 준석의 체취가 미옥의 곁에 머물러 있었고 미옥은 아리도록 달콤한 초콜릿 잠에서 영원히 깨어나지 않기를 빌고 또 빌었다. 그러나 이런 별스런 감정도 사실 알고 보면, 뇌 속의 신경전달물질인 '페닐에틸아민'의 활동이 그 원인이었다. 그리고 열정은 변하고 식기 마련이라는 것을 누구나 알고 있었지만, 열정의 호르몬이 활약하는 동안 미옥은 그 지배를 받았다. 치밀하게 의도된 신의 계산으로, 종의 번식을 위하여 반드시 필요한 것이었다. 어찌 보면, 신으로서는 인간이 짝을 이루어 행복하게 살아가는 것과 아울러 종을 퍼뜨리게 하려는 의도로, 일석이조의 효과를 노린 것으로 보이지만, 그 호르몬을 3년을 일기로 아쉽게 사라지게 한 이유는 또 무엇이었을까? 소년 엘은 그 이유에 대해 구체적으로 언급하지 않았고 미옥이나 준석이 그 비밀을 알기에는 너무 어렸고 순진했다. 설사 그 이유를 알았다고 하더라도 달라질건 없었다. 그들은 마법의 초콜릿 호르몬이 이

끄는 대로 본능의 힘에 휩쓸려 열정을 불태웠을 것이었다.
 준석은 미옥을 끌어당겨 무릎에 앉힌 우발적인 행동이 의도적인 것이 아니었으며 무의식적이었다는 것을 끊임없이 스스로에게 주입하려고 했다. 그러나 언제부터인지 확실하지는 않지만, 미옥의 말이나 작은 몸짓 하나하나가 좀 더 진한 색깔로, 또는 선명하게, 확대되어 보이기 시작했다는 것을 상기했다. 그리고 이것만은 절대로 인정하고 싶지 않은 일이지만, 미옥이 식탁에 반찬접시를 놓기 위해 몸을 숙였을 때 한 번도 햇볕에 노출된 적이 없어서 눈이 부시게 흰 가슴이 눈에 들어왔고, 스치듯 걸어갈 때에는 인어 같이 잘록한 허리가 헤엄치듯 움직이는 모습에 사로잡혔다. 그리고 그런 잔영들은 사라지지 않고 무한대로 증폭되어 그의 기억 어디엔가 저장되어 원할 때면 재빨리 색인할 수 있는 '즐겨찾기'의 목록이 되고 말았다. 준석은 미옥이 앉는 의자가 되고 싶었는지도 모른다. 그는 미옥을 생각했고 그 때마다 지나치게 달달한 초콜릿을 먹을 때와 같이, 잠들어 있던 모든 감각이 깨어 일어나 광란의 춤을 추었다. 그리고 제발 부탁이었지만, 그 호수처럼 맑은 눈으로 말끄러미 준석을 올려다보지 않기를 바랐다. 이 모든 것이 열정의 호르몬 탓이었다. 환각 상태의 준석은 그녀의 머리 위에 떠오른 후광마저 보고 말았다. 준석에게 내재되어 있는 열정의 호르몬은 미옥을 여신으로 둔갑시켰다. 준석은 미옥을 사랑하지 않을 사람은 아무도 없다고 단정했고, 자신은 입안 가득히 은화를 물고 있는 인어를 가장 먼저 발견한 행운아라고 생각했다.

엘(EL)이 시공을 넘어 주로 생활한 지역은 비옥한 갈릴래아 호수와 그 주변이었다. 헤르몬 산에서 갈릴래아 호수로 흘러든 물은 다시 요르단 강을 따라 사해로 흘러들어갔다. 그러나 사해는 더 이상 물을 밖으로 흘려 내보내지 않았다. 밖으로 배출하는 것이라고는 단지 증발하는 수증기가 전부인 고인 물은 베풀거나 나누지 않음으로써 생명체가 살수 없는 죽은 물로 변했다. 엘은 갈릴래아 호수에서 여러 가지 기적을 보였고, 또 하나 중요한 것으로, 제자들을 뽑았다. 사람을 낚는 어부로서 그들은 엘을 믿는 자들이었지만 그 가운데는 준석과 같은, 요즈음의 시각으로 보았을 때 한없이 어리석은 어부가 있었다. 준석은 사해처럼 사랑을 나누지 않아서 죽어버리는 소금바다가 아니라 필요 이상으로 나누기를 좋아하는 갈릴래아 호수 같이 비옥한 마음을 가진 자였다. 그가 마련한 식탁에는 남을 용서하지 못하거나, 남에게 사랑을 베풀지 못해 스스로 외로운, 사해를 닮은 사람들이 둘러 앉아 식사를 했다. 그러나 지금 준석은 또 다른 사명을 달성하기 위한 의욕에 불타올랐다. 그런 결심을 하게 된 배경은 몇 가지 의문들에 기인한다. 왜 미옥과 눈길이 마주칠 때마다 가슴이 뛰는지, 미옥은 준석을 피하며, 점점 더 말이 없어져서 벌써 일주일 넘도록 말 한마디 하지 않는지 등의 단순하지만 마땅한 해답을 찾을 수 없는 것들이었다. 그리고 예전처럼 문제가 생길 때에도 곧 해결되겠지, 대범하게 문제 속에 살아가며 느긋하던 준석이 스스로를 닦달하듯 이렇게 조급하게 굴어야하는지 이해할 수 없는 일이었다.

용기가 있는 쪽은 오히려 미옥이었다. 식사를 한 식구들이 모두 돌아가고 준석이 설거지를 하는 중이었다. 미옥은 냉장고 문을 닫고 돌아서며 마른 침을 삼키고 나서도 몇 번을 망설인 끝에 말했다. 준석이 돌아보기 전에 그의 등에다 말하는 것이 나을 것 같았고 옳은 판단이었다.

— 난 정말 나쁜 아이에요, 이상한, 그건 정말 이상한 거였어요, 상상을 했거든요. 그리고 우리가 '마음'이라고 부르는 곳이 어딘지 알았어요. 그럴 때마다 언제나 그곳이 아프거나 아리거나 했거든요. 왼쪽 가슴께에요.

준석은 미옥이 무슨 상상을 했는지 짐작이 갔다. 사실 나쁜 사람은 바로 준석이었다. 준석은 뒤돌아보지 않고 눈을 닦고 있던 접시에 고정한 채 더듬거리며 말했다.

— 같은 상상을 했어, 아마 그럴 거야.

미옥은 '정말 그럴까?' 의심하면서도 준석이 상상한 것이 무엇이었는지 알고 싶어졌다. 한발 더 다가가자 준석이 손과 팔을 움직일 때마다 역삼각형 등 근육이 꿈틀거리는 것이 보였다. 준석은 엷은 셔츠바람이었다. 양옆에 옴폭하게 우물이 패인 엉덩이는 단단해 보였다. 준석이 말했다.

— '6만년의 섬'에 우리 두 사람만 있는 상상이었어.

'나도 그랬어요. 그리고 얼마나 행복했는지!' 미옥은 준석과 섬에 단 둘만이 남았을 때 벌어질 수 있는 나쁜 상상의 내용이 어떤 것이었는지에 대해서 더 이상 자세히 말할 필요는 없다는 생각이었다. 준석이 몸을 돌렸지만 눈은 미옥이 기대어 선 식탁의 모서리를 보고 있었다. 미옥은 처음으로 준석의 몸이 대형 크레인의 거대한 타이어처럼 탄력이 있다는 느낌을 받았다. 단언하건데, 미옥의 발칙한 상상은 준석보다도 과감한 것이었다. 잠시 어색한 침묵이 흘렀고 준석은 화제를 바꾸었다.

- 우리 섬의 식구들 중에 커플링을 끼지 않은 사람은 우리뿐이야.

두 사람은 입가에 미소를 띠었다.

- 그러게요! 모두들 외롭다는 사실을 남에게 들키고 싶지 않은 걸까요?

준석의 얼굴에 동정심과 한편으로 '장난 끼'라는 전혀 양립할 수 없는 투톤의 감정이 동시에 스쳤으므로, 미옥에게 그는 마치 내면 연기의 달인처럼 비춰졌다.

- 모두들 커플링을 보란 듯이 왼손 약지에 끼고 다녀요, '6

만년의 섬'이 존재하는 이유라고 생각해요. 외롭지 않게 보이려는 건 이미 외롭다는 거겠죠.

의사 희수와 형사과장 보라, 철학교수 헌률 그리고 도치까지 모두 커플링을 끼고 다녔다. 부족 사람들 사이에서 유행처럼 번진 커플 반지는 이제 대세로 자리를 잡고 말았다. 단 한 사람, 부족 사람들 사이에서 '토마'라는 별명으로 불리는 대기업 사원 수한만은 예외였으며 그는 외로움이 아닌 다른 고민을 안고 있는 듯 보였다. 준석이 미옥에게 말했다.

― 너무 늦었어, 엘과 함께 여기서 자는 건 어때?

준석은 어두워진 골목길을 걸어 원룸으로 돌아갈 미옥이 염려스러웠다. 미옥은 아마도 준석이 자신을 바래다 줄 것이라 짐작하며 가볍게 고개를 저었다. 미옥이 마음속으로 준석에게 말했다.

(섬의 주위에는 상어가 우글거려요, 파도는 너무나 높고 바람도 거세게 불어요, 준석이 사랑의 부력이 되어 줄 거죠? 난 악의 중력에도 당신의 부력을 믿고 물위를 걸어 갈 생각이에요, 부력은 반드시 중력보다 힘이 세야 돼요.)

미옥은 '6만년의 섬' 문을 열고 나왔다. 준석이 따라 나오는 인기척이 느껴졌다. 미옥이 이 때 너무나 기쁜 표정을 지으며 아무도 어둠속에서 자신의 얼굴을 볼 사람은 없다고 생각했지만, 그 순간 옆을 지나가던 택시 전조등이 미옥의 얼굴을 환하게 비추고 말았는데, 택시 가사는 세상에서 가장 행복한 표정을 짓는 미옥의 얼굴을 보고 말았다. 그리고 미옥의 뒤를 따라 건물에서 나오는 키가 훤칠한 남자 준석을 발견하고 의문이 풀렸다. 그리고 오늘 일을 마치고 집에 돌아갈 때는 아내에게 화해의 표시로 붕어빵을 사가야겠다고 생각했다. 붕어빵 속에도 은화銀貨가 가득 들어있었다. 나이 예순의 택시 기사는 열정의 시기를 지나 이제 서로에게 평화를 느끼는 호르몬 '옥시토신'의 지배를 받았다.

 미옥이 걸어가며 준석에게 기댔다. 준석이 미옥의 손을 잡아 코트주머니에 넣었다. '가로등불이 원래 이렇게 따뜻한 색이었나?' 미옥이 기억에게 물었다. 몸이 둥둥 떠올라서 물위를, 공중을 걸어가는 것만 같았다. 사랑의 부력은 너무나 강력했고 그에게 기대면 세상의 모든 아픔과 고통을 이겨낼 것만 같은 환상에 젖어들었다. 중력은 지상의 것이었으나 미옥은 상상의 나래를 폈으므로 이미 물리적인 힘이 미치는 곳을 훨씬 벗어나버렸다. 다리가 풀리고 몸에서 힘이 모두 빠져나가 비틀거리자 준석이 외투 날개를 펼치며 미옥을 당겨 안았다. 그리고 뒤이어 준석의 뜨거운 입술이 느껴졌다. 바로 얼마 전, 미옥의 발칙하게 상상한 바로 그 그림이었다. 미옥의 가슴은 몸살을 앓을 때가 많았다. 민감하기도 했지만 약간만 스쳐도 놀랄 만큼 통증을 느꼈다. 그래서 준석이 미옥을 안았을 때 그의 단단한 가슴이 뾰족하게 융기한 미옥의 커피꽃봉

오리를 압박하는 바람에 소리를 지를 뻔했다. 그러나 평소에 그토록 그녀를 괴롭히던 봉오리가 사랑의 스위치일 줄은 미처 알지 못했었다. 준석이 스위치를 소등의 위치로 되돌려 놓기 전까지 미옥은 준석의 목에 매달려 있었다.

  사람들은 실현 가능한 것을 기적이라 부르지 않았다. 미옥은 준석의 품속에 녹아들어 마침내 육체는 사라지고 영혼만 남은 이 순간을 기적이라 부르기로 했다. 미옥의 육체에 비해 생각은 너무나 가벼웠고 준석에 대한 신뢰가 너무나 강한 부력으로 작용한 나머지, 사람은 물위를 걸을 수 없다는 지극히 상식적인 진리나 개념의 중력을 이겨내고 '6만년의 섬'을 에워싸고 있는 공포와 외로움, 좌절 등의 암울한 기분으로 일렁이고 있는 물위를 걸어갔다. 미옥은 둥둥 떠올라 하늘을 날아다녔다. 미옥은 원룸으로 돌아가지 않았고, 준석도 보금자리로 돌아가지 않았다. 그리고 미옥은 '이렇게 죽도록 아프면서도 미치도록 기쁜 것의 정체는 무엇일까?' 생각하는 중이었다. 두 사람은 '6만년의 섬'에서 조금 벗어난 지역에, 야간에도 피스톤이 끊임없이 가동되는 초콜릿 공장에 머물렀다. 그곳은 주로 뇌 속의 신경전달물질 가운데 하나인 열정의 초콜릿 농도가 높아진 사람들을 위한 공간이었다. 열정의 호르몬 수명이 단지 3개월이라거나 길어도 3년에 지나지 않는다는 말이 초콜릿 공장의 혈기 넘치는 젊은 직공들의 귀에 들어올 리가 없었다. 그리고 그런 다소 실망스러운 진실을 미리부터 인식하도록 하는 것 또한 신이 의도하는 바는 더더욱 아니었고, 오히려 그 반대로 서로 영원히 처음의 열정이 식지도 않은 채 뜨겁게 사랑하고 또 사랑받을 것이라는 환각상태에 빠져 결혼하기만을 바란다고 알려져 있었다.

　미옥은 의아한 기분으로 아침을 맞았다. 그리고 지난 밤 준석과 함께했던 지독하게 중독성이 강한 게임의 정체가 무엇인지 궁금했다. 그리고 이제 뿌리칠 수 없는 게임을 계속할 수 있는 방법이 무엇일까 생각해 보았다.

#

　한편 소년 엘이 준석의 장모가 될지도 모르는 문화의 열병을 염려해서 통영에 다녀온 것은 미옥을 위해서라기보다 문화를 위한 것이었다.

　문화의 남편은 중국에서 사라진 뒤 소식이 끊겼지만 아직 죽었다는 연락이 없었다. 엘이 문화를 시련에 빠뜨린 것은 그녀를 괴롭히려는 목적이 아니라 단련시키려는 의도가 있었다. 언제나 고통의 시기는 황금의 시기가 될 수 있다는 것을 알려주려는 의도였다. 다만 그녀는 엘의 교훈을 거스르지 않고 지켜나가야 한다는 의무를 가지고 있을 뿐으로, 문화는 두용의 구애를 받아들이지 않는 대신에 다른 방향으로 물꼬를 터서 두용의 값어치가 나가는 순수한 감정이 순탄하게 흘러 바다로 가게 했다. 문화는 애정이 고여서 썩어버리거나 두용이 그 일로 인해 움츠려들어 마침내 다른 사람을 사랑하는 일에 인색하지 않도록 처신하는 현명한 여자였다.

　문화가 모르는 사이에 남편 채운은 이미 한국에 들어와 있었다. 교육을 수료한 후 부산에 정착했다는 소식을 문화에게 알리지 않았다.

거리에 곳곳에 나붙은, 아내 문화가 예술 감독으로 있는 예술단의 공연이 열린다는 포스트를 보면서도 믿어지지가 않았다. 북에서 현대와 민속을 아우르는 무용가로 이름을 날리던 아내 문화였지만 대한민국에 와서까지 문화의 재능은 빛이 바래지 않고 오히려 만개를 한 것 같았다. 그러나 가슴 한쪽으로는 서늘한 바람이 지나갔다. 포스트 속의 아내 문화는 한복을 곱게 입고 장고를 목에 건 모습이었다. '기약도 없이 기다릴 수는 없었을 터이지!'라고 생각하면서도 야속하다는 생각이 드는 것은 어쩔 수가 없었다.

공연은 이미 끝이 난 뒤였다. 사람들이 공연장에서 광장으로 쏟아져 나오고 한복을 입은 단원들이 승합버스에 오르는 모습이 보였다. 일행에 섞여 문화는 남자로부터 꽃다발을 받고 얼굴에 활짝 웃음꽃이 피었다. '저 사람인가 보다'라고 채운이 생각하고 있을 때 바바리 남자가 가볍게 문화를 안으며 인사를 하고는 승용차를 타고 사라졌다. 문화의 남편 채운은 두 가지의 극명하게 다른 자아를 보았다. 문화를 죽이고 싶다는 강한 살의를 느꼈다. 그리고 그 반대편에 서있는 또 하나의 거룩한 자아, 용서와 화해의 화신을 보았다. 두 개의 의지는 완전히 다른 것이었지만, 종이 한 장 차이로 채운이라는 한 사람이 동시에 가질 수 있는 극명하게 다른 감정이었다. 애석하게도 애초에 문화를 보기 전에 가졌던 관용의 마음은 서서히 자취를 감추었고, 이제 낯선 남자의 깔개로 변한 아내 문화를 죽이겠다는 결심에 눈에 핏발이 섰다. 채운은 50cm 길이의 대검을 항상 몸에 지니고 다녔다. 탈북과정에서의 버릇이었지만, 그동안 자신을 지켜주었던 대검이 바지 속 종아리에 고정한 가죽 칼집에 꽂혀있다는 사실을 상기했다. 한편 문화는 광장을 빠져나가는 많은 사람들 가운데에서 스치듯 낯익은 얼굴을 보았다. 건물의 기둥 뒤 100m도 더 되는 먼 거리였지만, 바람에 삭고 볕에 그을어 검붉게 변한 얼굴, 분명 어디선가 본 모습이었다.

  문화의 남편 채운은 칼집의 호크를 풀었다. 그리고 마스크를 하고 기둥 뒤에 숨어서 천천히 문화와의 거리를 좁혀갔다. 그 때 마음속의 자아가 말하는 소리를 들었다. '왜 아내를 죽이려고 하는 거야? 그 녀석을 없애버리는 게 먼저야, 그러고 나서 문화를 해치워도 늦지 않아' 내면에서 들려오는 소리에 채운은 걸음을 멈추었다. 문화의 뒤를 밟아서 남자마저 없애버리겠다는 계획을 세웠다.

  문화가 낯익은 그림자를 좇아 건물의 기둥 뒤로 달려갔을 때 건물의 모서리를 돌아 급히 사라지는 등을 보았다고 생각했지만, 공연이 끝난 후에 긴장이 풀리고 한편으로는 너무나 피곤한 탓이라고 여기며 발걸음을 돌렸다. 그리고 '잠깐 동안 살기를 느낀 것은 왜였을까?' 문화는 소름이 돋아 털이 곤두선 팔을 손바닥으로 쓱쓱 문지르며 진저리를 쳤다.

  관객들은 모두 썰물처럼 광장을 빠져나가고, 문화를 기다리던 단원들도 먼저 돌아간 뒤에 문화는 천천히 걸어 큰 길까지 나갔다. 차들의 소음이 살아나며 문화는 다시 소요 속에

묻혔다.

북한의 지하교회에서 성경책을 찢어 신자들이 나누어 가졌다. 그 가운데 한 장이 흘러 동네에 날아다녔다. 문화는 탈북을 결심할 수밖에 없었다. '하느님이 맺어주신 것을 인간이 갈라놓을 수는 없다'라는 구절이었다. (마르코10.9)

보안원이 성경의 낱장을 주워들고 주인을 찾기 위해 무작위로 사람들을 잡아들이는 동안 문화는 겨울 강을 건넜다.

#

한편 선주 두용은 문화를 향한 마음이 사랑이 아니라 집착이었다는 것을 알게 되었다. 그리고 주위 사람으로부터 다소 일리 있는 충고를 들었다.

― 남자가 재혼 할 때 먼저 주의해야할 게 뭔지 아세요? 바로 여자의 전 남편이에요, 완전히 정리가 되었는지 살펴보는 게 중요해요.

이런 중요한 사실을 알려준 사람은 20년째 매일 회사에서 얼굴을 맞대고 생활하는 경리부장 미스 리였다. 그녀는 스스로를 골드 미스라고 하거나 가끔은 '하이 미스'라고도 불러주기를 원했다. 최근 두용은 미스 리에게 '너무 오래 동안 무심하지는 않았나?' 스스로를 되돌아보는 중이었다.

두용은 미스 리가 두용과 문화 사이를 가로 막으며 쌍지팡이를 들고 나서는 이유가 무언지 집히는 바가 없지는 않았다. 그리고 '미스 리가 문화를 만나서 꼭 같은 말을 하지 않았을까?' 하고 생각해보았다. 문화는 미스 리가 단 한번 회사 일로 자신을 찾아온 적이 있었다고 두용에게 말했을 뿐 무슨 말을 하고 갔는지에 대해서는 함구하는 것이었다. 문화가 말했었다.

— 두용씨, 주변도 좀 돌아보세요, 마음이 아프지 않게요.

두용은 브로커를 통해서 문화의 남편이 한국에 들어왔다는 소식을 이미 반년 전에 들었다. 두용은 문화가 고용한 브로커와 문화 몰래 접촉하면서 약간의 사례를 했다. 두용은 그로부터 채운의 탈북 경과에 대하여 소상히 들어 알고 있었지만, 그런 사실을 문화에게 감추어왔다. 그러나 문화 역시 두용에게 알리지 않은 것이 있었다. 얼마 전부터 문화는 미스 리와 친구처럼 터고 지내는 사이였다. 두용이 문화의 공연을 관람한 후 승용차로 집으로 향하는 시간, 미스 리가 평소 두 사람이 자주 만나던 카페에서 문화와 얼굴을 맞댄 채 이야기를 나누고 있었다. 문화가 미스 리에게 말했다.

— 가나의 혼인잔치가 시작된 걸까요?

문화의 말에 미스 리가 '무슨 말씀이세요?'라고 묻는 눈이었다.

― 난 사실 남편에게 미안했어요. 한 때 김두용 사장과 결혼할까 고민했던 적이 있었거든요. 이젠 아니에요, 미스 리도, 아니, 자매님도 아시잖아요?

　미스 리는 그제야 알아듣겠다는 표정이었다.

"하지만 이미 한국에 들어와 살고 있는 남편에게 연락을 안 하실 것까지야, 그럴 필요는 없었어요."

　미스 리가 '문화는 결벽증이 있는 여자구나'라고 생각하는 동안, 문화는 미스 리가 속이 참 깊고, 한편으로 '무서운 데가 있다' 생각했다. 미스 리는 김두용 사장이 자신을 진심으로 원할 때까지 오랜 세월을 조용히 기다려왔다. '두용이 문화에 대한 미련을 말끔히 씻어낸 뒤에 돌아오기를 원해서일까? 사랑은 먼저 자유를 주는 것이어서, 미스 리는 두용에게 자신에게서 떠나갈 수 있는 자유마저 준걸까?' 진정한 사랑은 집착도 강요도 더구나 구속도 아니라는 생각을 하며 문화가 미스 리에게 말했다.

― 오늘 남편이 공연장으로 절 찾아왔었어요.

　잠시 침묵이 흘렀다.

― 기다릴 겁니다. 그 사람이 날 만나러 올 때까지.

"거듭 말하지만, 문화씨의 지나친 결벽증이에요. 생각만으로 간음죄를 지었다고 미안해 한다는 게 말이 되나요? 자매님은 아무 짓도 하지 않았어요."

미스 리가 보기에, 문화는 '결혼한 여자는 자유를 버릴 때 오히려 자유롭다'고 생각하는 것만 같았다. 그러나 신은 인간에게 잘못을 저지를 수 있는 자유마저 선악과로 주었다. 문화는 뱀의 유혹에 빠지지 않았다. 그리고 불편한 행복을 택하고 말았다. 미스 리는 두용이야말로 어떤 마음으로 문화의 남편이 입국한 사실을 숨긴 것일까? 잠시 의구심이 들었었다. 그러나 안심을 하고 있었다. 김두용 사장이 문화를 마음속으로 완전히 정리한 것은 아닐지라도 이미 헤어지기로 결심했다는 것을 미스 리는 여자의 직감으로 알 수가 있었다. 그리고 두용이 자신을 바라보는 눈이 한결 따스해진 것도 느꼈다. 이때 문화가 진심으로 말했다.

― 남자들은 정말 어린아이 같죠?

"그래서 더 귀엽지 않나요? 모든 남자의 마음속에는 열두 살 먹은 아이가 살고 있다고 하잖아요! 아이의 마음을 상하게 해서는 안 되겠죠, 칭찬을 해주는 게 좋아요. 그러면 엄마에게 칭찬 받기 위해 열심히 무안가에 집중해요."

　두 사람이 오랜 친구처럼 이야기를 나누는 모습이 투명한 창으로 들여다보이는 거리에는, 사람들이 저마다의 사연을 담고 바삐 오고갔다. 그리고 두 여자가 담소를 하다가 갑자기 파안대소하는 실루엣을 보았다.
　창밖에서 엘(EL)이 그런 두 사람의 모습을 보고 있었다. 문화가 미스 리에게 말했다.

─ 김두용 사장과 어서 결혼을 하세요. 두 분 서로 사랑하잖아요?

　엘은 검은 연미복 차림의 카페주인이 가나 혼인잔치의 과방장처럼 은쟁반에 포도주와 잔을 받쳐 들고 두 여인을 향해 걸어가는 것을 보았다. 물이 포도주로 변한 건 혼인잔치를 위한 선물이었다. 엘이 첫 번째로 기적을 행한 곳은 가나의 혼인잔치였다. 결혼했으며 이혼하지 않은 여자와 결혼할 여자가 동시에 과방장에게 말했다.

─ 저희가 주문한 포도주가 다 떨어졌다고 하지 않으셨나요?

#

　문화는 만나자는 두용의 전화에, 마치 남편이 대한민국에 입국했다는 사실을 그동안 전혀 몰랐던 사람처럼 시치미를 떼고 말했다. 문화는 두용이 자신이 고용한 브로커와 선이 닿아 있다는 것을 이미 알아차린 후였다. 애틋한 그의 마음이 보였다.

- 기쁜 소식이 있었어요.

두용은 이제 문화도 '남편이 입국한 사실을 알았구나!' 생각했다. 만나서 문화에게 작별 인사를 할 예정이었다.

- 미스 리 많이 사랑해 주세요.

문화가 말했을 때, 두용은 마치 마음을 들킨 것만 같았다. 문화를 만나려던 것은 오히려 미스 리에 대한 예의로, 문화와의 작은 마음의 티끌마저도 깨끗하게 정리를 하겠다는 결심을 실행에 옮기려는 것이었다.

- 행복하시길 빌어요.

문화는 두용을 직접 만나기보다 전화로 작별 인사를 하고 싶다는 의사를 표시하는 중이었다.
두용이 모르는 것이 있었다. 두용은 문화가 만나기를 거절한 그 작은 사건 하나로 목숨을 건졌다는 사실을 꿈에도 알 수가 없을 것이었다. 얼마 전부터 두용의 뒤를 밟는 사람이 있었다. 바로 문화의 남편 채운이었다. 문화는 공연장의 기둥 뒤에 숨어있던 남자가 남편 채운이었다는 것을 감지했다. 문화는 남편이 자존심만큼이나 질투심이 강한 사람이라는 것을 진즉에 알고 있었다. 그러나 아내가 다른 남자와 흉허물 없이 지내도 너무 데면데면하게 관심마저 없다면 그도 싫을 것 같았다. 그리고 머잖아 남편 채운이 바라던 것을 이루고야말 것이며, 마침내 문화 앞에 나타나리라는 것을 믿고 있었다. 그는 다혈질인 만큼 문화가 기대하던 이상을 해 내는 사람이었다.

#

한편 산부인과 전문의 희수는 보라가 산부인과 진료의자에 앉았을 때를 떠올렸다. 보라의 난자를 채취하고 나서도 몇 해가 훌쩍 지나버렸다. 보라가 그때의 일이나 의사였던 희수를 까마득히 잊어버렸는지, 아니면 짐짓 모르는 체 하는 것인지는 알 수가 없지만 보라는 희수가 산부인과 의사라는 사실에 전혀 관심마저 없는 듯 행동했다. 그러나 보라는 속내를 완전히 감추고 있었다. 보라는 원피스 환자복을 입고 진료의자에 앉았을 때 왜 사람들이 그 의자를 굴욕의자라고 부르는지 알 것만 같았다. 그 이상한 기분은 마치 시간이 멈추어 버린 듯 듯했다. 아니 시간이 멈추어버리기를 바랐다. 그리고 진료가 끝나고 의사 희수와 마주 앉았을 때는 쥐구멍이라도 찾고 싶었다. 꽁꽁 소중하게 감추어두었던 것을 주머니를 뒤집듯 하나 남김없이 털려버린 느낌이었다. 그러나 그런 우여곡절을 겪고서 난자를 냉동보관한 보라의 선택이 탁월했다는 것이 입증된 것은 그로부터 몇 년이 흐른 뒤였다. 뜻밖에 찾아온 자궁내막종이라는 처음 들어보는 병명으로 보라는 난소의 1/3만 남기고 나머지 부분을 잃었다. 그 무렵, 희수는 병원에 남아있지 않았다. 한동안 항암주사를 맞았다. 머리털이 하나도 남김없이 빠져버리고 몸을 말라갔지만 보라는 마침내 지긋지긋하고 무서운 병마에서 벗어났다. 집도를 했던 의사는 보라에게 의미심장한 말을 남겼다.

— 난소의 일부만 남아있어도 배란은 가능해요, 하지만 폐경이 빨리 찾아올 수도 있어요.

결혼을 너무 늦추지 말라는 의미로 받아들였다. 하지만 보라는 '그런 건 염려 말아요, 전 결혼할 생각이 없거든요'라고 마음으로 말했다.

보라에게 냉동보관해둔 난자의 의미는 남달랐다. 냉동난자 보관시술을 했던 의사 희수, 그를 '6만년의 섬'에서 조우하게 된 것은 아마도 우연이라 여겼다.
희수는 부족 사람들이 모두 둘러 앉아 저녁을 먹는 자리에서 뇌파와 신경조직을 연결해서 마비가 된 사람이 몸을 움직이는 연구 사례에 대해 이야기하기 시작했다.

― 원리는 간단해요. 큰 뇌에 뇌파를 발생시키고 그것을 센서로 모으는 거죠. 그 다음으로 마비된 신체 부위에 전극을 여러 개 이식해 두는 겁니다.

부족 사람들은 최근에야 의사라는 신분이 밝혀지고만, 호스트를 겸직 희수의 말에 귀를 기울였다.

― 뇌가 생각하는 대로 발생한 뇌파에 따라 마비된 부위에 전기 자극이 가해지고 마침내 굳어있던 근육이 움직이게 되는 원리에요.

― 사고나 질병으로 신체의 일부나 전신이 마비된 환자들에게는 기적 같은 희소식이겠어요?

도치가 말했다.

― 이미 적용이 되고 있어요, 시험단계이기는 해도.

희수가 짤막하게 말했다. 희수는 섬에서 규칙으로 정해둔 '말없이 밥 먹지 말기' 규정에 따라 순번이 돌아와 어쩔 수 없이 준비한 화제에 사람들이 흥미를 보이는 것이 오히려 당황스러웠다. 사실 희수는 스스로 성기능 장애가 있다는 것을 아무에게도, 헤어진 아내에게도 말하지 않았다.

― 왜 결혼 전에 솔직하게 말하지 않았어요?

"그게 그렇게 중요한 건지는 몰랐어."

― 기가 막히네요, 그럼 뭐가 중요해요?

"이제 알겠어! 그 무엇보다 중요해서 우리는 헤어질 수밖에 없다는 걸."

호스트 희수는 환락의 밤을 기대하고 호스트바를 찾은 여성들에게 똑같은 대사를 읊조렸다. 하지만 그를 진찰한 대학 동창 비뇨기과 전문의는 다음과 같이 말했다.

― 당신의 성기능은 지나칠 정도로 정상이야. 예를 들자면, 마스터베이션은 가능해, 그런데 왜 섹스는 안 될까? 당신의 뇌가 자발적으로 움직이지 않는 거야. 난 여자가 싫다, 사랑하기도 싫다, 이렇게 말하는 거지. 뇌파는 발생되지 않고, 당신의 페니스는 일하기를 거부해, 그게 다야.

여러 가지 이유로 신체가 마비된 사람들은 움직이고자하는 간절한 마음이 있다. 그런 소망이 뇌파를 생성시키겠지만, 희수의 경우는 반대였다. 근육은 멀쩡했지만 정신이 거부한다.
보라는 산부인과 전문의 희수가 부족 사람들이 모여 앉아 식사를 하는 자리에서 뇌파와 마비된 신체에 얽힌 이야기를 할 때 평소보다 훨씬 진지해진 눈빛을 보았다. 그리고 혹시 그에게 있어서 마음대로 움직여지지 않거나, 절대로 움직이고 싶지 않은 부위가 있을까를 상상해보는 것이었다. 화제는 개인의 관심을 반영하기 마련이다. 보라는 범죄사건에 얽힌 드라마나 영화를 싫어한다. 잠시라도 벗어나고 싶은 마음의 작용이었다. 같은 이유로 산부인과 전문의 희수는 여성과의 관계를 혐오하거나 피하고 싶은 건지도 모를 일이었다. 보라로서는 희수에게 인간적인 약점이 있다는 점이 반가웠다. 그의 뇌파를 활성화시켜줄 신선하고 새로운 자극이 필요할 거라는 생각이 들었다. 그는 여성에 대해 '오해하고 있다'라고 결론지었다. 보라는 단지 오해를 풀어주고 싶다는 표면적인 이유를 내세워 희수에게 단지 '사람친구'로 지내자는 제안을 할 생각이었다. 그러나 인간은 자신의 마음만은 속속들이 모두 알고 있다고 착각하는 고등동물이었다. 희수에게 관심을 갖는 스스로의 마음도 읽지 못하면서 보라는 희수를 치료하겠다는 원대한 꿈을 가지고 말았다.

― 마음이 움직이지 않는다면 극강의 센서나 전기자극도 아무 소용이 없어요.

보라의 말에 부족 사람들은 그 정도는 알고 있다는 표정이었다. 사실 식사모임에 온 사람들은 '외로운 마음'을 기계를 비롯한 모든 물리적인 힘으로는 절대로 고쳐질 수 없다는 것을 본능적으로 감지하고 있었다. 그러나 마음의 병이 단지 외부적인 요인으로 발생한 것이라고 착각하는 것이었다. 마음에 빗장을 닫아 걸어버린 자신에게는 아무 잘못이 없다는 확신에 차있었다. 부족 사람들의 근육은 비교적 제 역할을 다했지만 정신이 문제인 경우로, 외로움과 고립은 스스로가 자초한 것이었고 좀 더 원인을 거슬러 올라가면 자신을 괴롭힌 것으로 생각되는 상황과 인간을 미워하는 데 그 원인이 있었다. 미움의 샘은 그칠 줄 모르고 솟아나 시냇물을 이루고 강을 만들었다. 그러나 보라에게 부족사람들이 왜 불행한지는 그다지 중요하지 않았다. 이제 막, 숟갈을 식탁에 놓고 숭늉을 마시기 위해 고개를 뒤로 젖힌 희수만 보라의 눈에 들어왔다. 물을 넘길 때마다 '아담의 사과'가 목젖의 궤도레일을 따라 아래위로 움직였다. 그는 보라의 생명의 씨앗을 채취한 사람이었다. 보라의 난자는 냉동보관 되어 언제든 인공수정을 통해 생명으로 탄생될 것이었다. 종양으로 난소의 대부분을 절제한 후에 보라가 다시 난자를 채취하기가 다소 어려워진 지금, 희수는 보라에게 마지막 남자처럼 다가왔다. 그리고 보라의 짐작이지만, 희수는 보라가 알 수 없는 이유로 마비되어버린 페니스를 치료하기 위해 특별한 센서를 마음이라고 여겨지는 염통에 설치하고 싶어 하는 자였다.

  밥을 먹다말고 딴 생각에 빠져있을 때, 보라의 생각을 두드리는 자는 대기업사원 수한이었다.

― 육의 욕심이 묻힌 자리에 생명의 영이 살아납니다.

원래 그런 사람이었지만, 지금 수한은 도무지 뜬금이 없었다. 형이상학적인 말만 지껄이는 그가 어떻게 기업의 사원으로 근무할 수 있는지가 불가사의였다. 그는 언제나 평범하고 지극히 현실적인 대화를 구름 위로 끌고 올라가는 재주가 있었다. 이번 경우에는 아예 대화의 내용을 로켓에 실어 대기권 바깥, 무중력의 바다에 던져버렸다.

― 여러분들이 나를 '4차원'이라며 놀린다는 것을 알고 있어요. 하지만 내가 눈으로 직접 확인하지 않은 것은 결코 믿지 않는 사람이라는 여러분의 오해만은 불식시키고 싶어요. 오히려 보이지 않는 것이 더 중요하죠. 예를 들면 마음, 감정 같은 것들 말이에요. 이런 것은 보이지가 않아요.

'누가 아니라고 했나?' 부족 사람들이 한마음으로 말했지만 겉으로 드러내지는 않았다. 한편 소년 엘은 '수한은 의심이 많은 사람이다'라고 오해를 받는 것에 대하여 그 진위가 무엇인지 이미 알고 있었다. '토마'라는 별명으로도 불리는 대기업 사원 수한은 자신이 없는 곳에서 사건이 발생하고, 그 사건의 진위나 성격이 규정되어버리는 것에 반감을 가지는 성격이었는데, 오히려 적극적인 믿음을 가진 자로서, 예를 들자면 부활과도 같은 큰 사건이 왜 자신이 없을 때 일어났는가에 대해 떼를 쓰거나 투정을 부리는 것과 같은 마음이라는 것을 엘은 알고 있었다. 토마 수한은 '6만년의 섬'의 구성원들 가운데 엘이 가장 아끼는 사람 가운데 하나였다. 그는 조금 나

중, 여드레나 후에 식사모임에 합류했으나 가장 열성적이며 적극적인 부족원이었다. 그리고 그가 머지않아서 섬을 떠나게 될 것을 알고 있었다. 엘이 보기에 그는 지금 거취에 대해 고민 중이며 이런 것들은 그의 말대로 육체의 욕망과 탐욕을 묻어버리는 작업으로, 어둠 가운데에서 빛을 찾는 것이기도 했다. 하지만 그가 보이는 행동 가운데에서 한 가지 특이한 것은, 부족 사람들이 소년 엘을 마치 유령을 대하듯 무서워하거나 이상하게 생각하는 동안에도 수한은 엘을 따듯하게 감싸주었다. 사실 그는 보지 않고도 이미 엘이 어떤 존재인지 알고 있었으며, 섬에서 일어나는 모든 문제에 자신을 소외시키지 않고 끼워주기만을 원했을 뿐이었다. 그래서 그가 소년 엘의 상처 입은 손과 옆구리를 보겠다고 억지를 부릴 때에도 엘은 순순히 보여주었다. 엘은 누구하나 돌보아주는 사람 없는 오랜 방랑생활로 몸의 어느 한군데 성한 곳이 없었다. 두 손과 두 발에 못 자국처럼 구멍이 있고 왼쪽 옆구리의 생긴 깊은 상처도 수한이 직접 확인을 했다.

엘이 수한에 대한 연민에 빠져있을 때, 의사 희수를 흘깃흘깃 바라보는 보라가 소년 엘의 시야에 들어왔다. 엘은 의사 희수를 마음속으로 '사도 루가'라고 불렀다. 그는 기존의 부족 사람들과는 다른 시각으로 엘을 관찰하는 자였다.

사람들이 설거지를 끝내고 하나둘 섬의 문을 열고 밖으로 사라졌다. 사람들은 분수의 물줄기처럼 저마다의 방향으로 갈라지며 내일을 기약했다. 그리고 의사 희수가 먼저 나가자 보라가 커피를 마시다 말고 자리에서 일어나는 것을 굳이 보려던 것은 아니었다. 엘로서는 보라가 의사 희수의 마음을 움직이기를 원했다. 이미 엘은 모든 인간들이 종을 퍼뜨리도록 열정의 신경전달물질인 신비한 호르몬(사랑하는 감정을 느낄 때 분비되는 페닐에틸아민을 비롯한 천연각성제)을 인간의 몸에 숨겨두었으며 그 결과로, 지금의 희수나 보라의 경우처럼 신경전달물질은 이제 막 작동을 개시하기 위한 예열을 하는 것이었다. 엘은 다만 숨죽여 지켜보기로 했다.

ㅡ 여성의학연구원이신 전문의, 희수선생을 섬에서 만나게 될 줄은 몰랐어요.

앞서서 걸어가던 희수는 걸음의 속도를 줄였다. '보라는 내가 누구인지 이미 알고 있었다.' 순간 생각하면서도 보라의 난자를 채취하여 냉동보관하는 시술을 한 사실에 대하여 전혀 기억이 없는 것처럼 행동하기로 했다. '기억력이 그다지 좋지 않고, 더욱이 진료한 환자의 신상이나 수없이 스쳐지나가는 버자이너의 모양을 머리에 담아 두지는 않는다' 정도로 해두자는 속셈이었다. 희수는 출산전후의 그리고 질병에 시달리거나 난자를 냉동보관하려는 수없이 많은 버자이너를 진료했다. 신비롭지 않다면 그립지 않은 것일지도 모를 일이었다. 보라가 '나의 아기들은 잘 있나요? 그럴 줄로 믿어요.'라고 말하고 싶은 것을 꾹 눌러 참고 있다거나, 시원시원한 성격의 보라가 어떻게 지금껏 희수를 너무나 잘 알고 있다는 사실을 입 밖에 내지 않고 어떻게 참아왔는지가 신기했다. 두 사람이 서로의 눈을 마주 바라볼 때까지 시간이 걸렸다. 사실 보라와 희수는 서로의 시선을 피해왔다. 그리고 대화마저 부딪치지 않기를 바랐으나 언제나 서로를 지독하게 의식했다. 그리고 보라는 마음속으로만 말했다. '난 이제 더 이상 당신에게 보여드릴 게 없어요. 그래서 맘이 편하다고 해두죠'

희수는 적법한 난자보관 외에 은밀히 훔쳐서 보관해둔 보라의 난자에 대하여는 당연하게 죄의식을 가지고 있었다.

— 환자였던 분들을 기억하지 못해요, 미안해요. 언제쯤이었죠?

보라를 운전석 옆자리에 태운 희수의 차가 골목을 빠져나와 낮에 내린 빗물이 반사되는 은빛 포장도로를 지쳐나갔다. 보라가 희수의 환자였던 것을 이미 알고 있으면서도, 짐짓 모르는 체 하는 희수의 태도를 눈감아주기로 했다. 희수가 오래 전부터 보라를 의식해 왔다는 것이 된다. 적어도 희수의 관심의 대상이었다는 것이 나쁘지만은 않았다. 보라가 희수의 아파트 바로 아래층으로 이사를 온 것이나 '6만년의 섬'에서 다시 만난 것은 두 사람 사이에서 일어날 수 있는 우연이거나 우연을 가장한 필연이었다. 중력과도 같은 끌림으로 보라는 희수의 아래층으로 이사를 왔고 희수는 '보리의 6만년의 섬'을 찾아갔다. 보라는 난소의 일부를 절제하는 수술로 이제 가임의 기회가 아주 사라져버린 것은 아니었지만 확률은 현저하게 줄어들어버렸다. 보라의 관심은 그 범위가 축소되어갔고 그 원안에 유일한 남성, 희수가 있었다. 그리고 그는 아주 가까이에 살며 매일 함께 저녁 식사를 한다. 독신으로 살아갈 결심을 한 보라는 난소의 일부 절제로 성기능을 잃게 되는 것에 그다지 두려움을 느껴서는 안 될 처지였지만, 능동적인 거부와 어쩔 수 없는 사정으로 사용불능이 되는 것은 엄연히 다른 것이었다. 왜냐하면 보라는 실제로 난소를 절제함으로써 성불능이 될 수도 있다는 공포로 한동안 수술을 망설였다. 그리고 독신으로 살아가겠다는 것이나 난자냉동보관 행위가 무언가에 대한 강한 반감에서 온 행동이었으며, 실제로는 누군가가 그녀의 그런 마음을 알아주고 달래주기를 원해서였다는 것을 오래 숨길 수는 없었다.

— 잠깐 들러도 좋아요,

 그럴 생각이었다. 희수는 보라가 아래층으로 이사를 왔고 매일 익숙한 향기가 베란다를 통해 위층으로 올라오는 것을 음미했다. 그녀가 햇볕에 말리기 위해 이불을 베란다 외벽에 걸쳐놓을 때 보라의 인기척을 알아차렸고, 아침에 창문을 열며 아, 기지개를 켜는 소리도 들었다. 그리고 이내 끼쳐오는 보라의 향기를 보는 것이었다. 보라는 소프라노였다. 아마도 그녀는 베란다에 제라늄을 키운다. 냄새를 들었다. 그녀의 소리를 보았다. 난자채취시술을 할 때 그녀의 버자이너에서는 제라늄 꽃잎이 떨어졌다. 그 때에도 아프리카 같은 암모니아 향기를 들었고 소리를 보았다. 보라의 몸에서 추출된 생명의 씨앗은 냉동보관이 된 채로 다가올 미래의 탄생을 기다리고 있었다. 의사 희수는 이런 일련의 사건들과 보라와의 만남, 그리고 아프리카처럼 이상한 냄새를 풍기는 제라늄이 향기로 다가왔다. 희수도 진료실 창가에 제라늄 화분을 두었다. 손이 많이 가지도 않고 물을 자주 주지 않아도 줄기는 굵게, 꽃은 사시사철 피어났다. 희수는 노래를 흥얼거렸다.

제라늄에는 아프리카가 산다.

하이에나의 트림

처음 본 사상이 냄새와 향기를 이미 전해주었고

훨씬 전

소리로 피어난 것을 알았다면

코로 소리를 맡는다.

카랑카랑한 소프라노

창문이 괜스레 열릴까

겨울바람이 들어오게 소리가 피어나게 냄새를 본다.

꽃이 피는 소리를 귀가 보았다.

마음을 보았으므로 기다릴 필요마저 없이

이미 여러 번 피고 지는 것을.

뉴스 앵커처럼

잘 보이는 곳에 놓아둔

나는 제라늄이 말을 하는 줄 안다.

이런 저런 냄새를 풍기며

냄새가 귀로 들리는 순간

나는 제라늄이 회계사인줄로 안다.

햇살에 영양 좋은 줄기가 뚱뚱해지려고 할 때에는

사각사각 펜대가 종이 위를 스치듯 춤추며 숫자를 적는다.

진료실에 피어있던 분홍 송이를 여태껏 보았다.

제라늄과 이별하려는 순간

바람이 냄새를 일깨운다.

훅, 꽃잎 음표 몇 개를 빨랫줄에 널었다.

박동처럼 튀어 오르는 옥타브

째지듯 소프라노의 냄새

정신 줄의 한쪽 끝을 잡고 아래위로 흔들기 때문이다.

꽃잎이 사방으로 뛴다.

이미지와 이별을 한다.

제라늄에는 아프리카가 산다.

그렇지 않고서야 이런 이상한 냄새를 보일 리가 없다.

이종희 詩作 <제라늄에는 아프리카가 산다> 中

제라늄의 향기는 보라에 대한, 그리고 희수 자신에 대한 그리움이었다. 희수는 의사보다는 회계사나 기자가 되고 싶었다. 의심의 여지가 없이 문과 적성인 희수가 어느 날 정신을 차려보니 자신도 모르는 사이에 의사가 되어 흰 가운을 걸치고 있었다. 그리고 한 잎 두 잎, 아프리카 냄새를 풍기는 보라의 꽃잎을 따서 모았다. 그 후로 희수가 냉동난자 시술을 한 보라는 아프리카 향기를 풍기며 희수의 기억 속에서 피었다 지기를 반복했다.

잠시 무중력의 우주를 떠돌던 희수를 강한 중력으로 잡아당긴 보라가 의미 있는 투자에 대하여 캥거루 주머니 속의 마음을 꺼냈다.

― 희수 당신에게 투자를 해볼까 해요, 위험할 수도 있겠죠? 투자자금을 남김없이 날려버릴 수도 있으니까.

차가 아파트 지하주차장으로 미끄러지듯 들어갈 때였다. 희수가 마음으로 말했다.

(당신은 이미 내게 투자를 했어요, 아니 빼앗겼다거나 도난을 당했다는 표현이 적절할 지도 모르겠어요.)

― 그건 아니에요, 일방적일 수는 없어요. 희수 당신도 모르는 사이에 제게 투자를 했어요.

보라가 마치 희수가 괄호 안에 가두어둔 속마음을 들은 것처럼 말하고 말았는데, 보라로서는 난자냉동보관시술을 한 것이 불행 중 다행이었으며, 그 시술자가 바로 희수였다는 의미였다. 한편으로 보라는 요즈음 신의 존재에 대해 생각하고 있었다.

— 천국이 있을까요? 우리는 그것의 존재를 바라면서도 회의적일 때가 많아요. '실제로 있을까?' 이렇게 스스로에게 묻는 거예요.

그러나 희수는 화제가 보라의 난자를 은밀하게 **빼돌린** 혐의 사실과 멀어진 것이 반가웠다. 희수는 다소 빠른 어조로, 달아나듯 말했다.

— 그렇다면 그것 역시 투자라고 하면 무리일까요? 평소에 교회에 열심히 나가며 성경에 따라 살아요, 그리고 죽어서 가보았는데 천당이 있으면 다행이고 없더라도 책에 따라 행복하게 잘 살았으니 좋은 일이다, 이렇게 말이죠.

어느새 두 사람은 차에서 내려 승강기 쪽으로 걸어갔다. 보라가 희수에게 팔짱을 끼며 말했다.

— 신도 인간을 위해 투자한 것이 있었어요, 아들을 인간에게 보냈어요, 두 번째 아담 말이죠.

희수가 고개를 돌려 보라를 내려다보았다. 그녀가 수백, 수천 개의 난자로, 제라늄 꽃잎으로 보였다. 난자는 하나로 뭉쳐지며 뜨거운 핵으로 변해갔다. 승강기 문이 열렸다. 승강기는 냉동난자와 휴면 상태의 정자를 실은 채 문을 닫았다. 유사 이래 인류가 결행한 모든 결혼도 일종의 투자였을지도 모를 일이었다. 인간들은 결혼이 천국일 거라는 기대로 소중한 것들을 투자했다. 얼마 후 천국이 아니라는 소문도 나돌았다. 그러나 천국을 기대하는 이들은 결코 희망을 버리지 않았다.

― 인간이나 신이나 피차 투자를 한 거였어요.

아래층에 승강기가 멈추자 희수가 먼저 걸어 나갔다. 보라가 현관의 비밀번호를 누르며 말했다.

― 두 번 째 아담 이후에 에덴은 달라졌어요, 원죄는 사라져버렸어요, 아무 짓도 안했는데 원래부터 죄인이었다는 게 왠지 께름칙했었는데 말이에요, 희망을 갖고 싶다는 의미에요.

보라는 뇌리에서 냉동된 난자를 깨끗이 지워버리겠다는 의지와 아울러 인간에게 투자하겠다는 결심을 했다. 그리고 희수가 그녀의 거의 전부를 걸다시피 한 투자에 동참하기를 원했다. 희수는 보라가 보여주려는 새로운 에덴의 문을 열고 들어갔다. 사람 크기의 계속 지껄여대는 난자와, 키가 큰 거인 정자가 복잡한 표정을 지으며 자연적인 수정을 위한 시험관으로 들어가자 마침표처럼 쿵, 현관문이 닫혔다. 현에 소음기를 단 바이올린을 연주했을 때처럼 보라의 말소리가 들릴 듯 말 듯 문틈을 비집고 밖으로 흘러나왔다.

― 뭐, 남는 게 있었겠어요? 신의 입장에서도 대단한 결심이었을 거야. 지독한 사랑이었을지도 몰라요.

#

　최근 대기업 사원 수한은 거의 매일이다시피 한 회식모임에 참석하지 않았다는 이유로 사내에서 이방인 취급을 받았다. 실제로 부서의 그 누구도 그를 낯선 자처럼 대하지는 않았지만 수한은 부서의 사람들 사이에서 일어나는 비공식적이며 사소한 일들에 대한 정보를 전혀 가지지 못했으므로 공유하는 분모가 없어졌고 그 결과로 대화에 끼어들지도 못했다. 그는 비사교적이라는 주홍글씨를 가슴에 달고 살아가는 것처럼 보였는데 이런 억울함을 떨쳐버리기 위해서라도 한번쯤은 회식자리에 얼굴을 내비치는 것도 바람직한 일이었지만, 어쩌다 참석한 날이면 그는 형편없이 취해서 잠들거나 주사를 부리는 것으로 언제나 술자리의 대미를 장식하고 말았다. 수한이 혼자 밥 먹기 시작한 이유이자 '6만년의 섬'에 표류하게 된 또 다른 동기 가운데 하나였다. 한편으로는 보라가 살고 있는 섬은 어떤 신비한 것을 숨겨두고 있는지 궁금했다. 대학교 때 그녀와 헤어지기 전, 보라는 처녀성을 신앙처럼 지키는 행위나 사고방식을 세태에 뒤떨어진 것으로 치부하고 말았다. 보라는 아무렇지도 않게 또는 적절히 그것을 사용하면서도 '사랑은 오히려 섹스와는 전혀 상관이 없다'는 태도를 보였다.

그래서 애정이 없이도 관계를 가질 수 있으며 심지어 수한이 원하기만 한다면 기꺼이 허락할 수도 있다는 식이었다. 수한은 한때 사랑했던-그것이 진정한 의미의 사랑이었는지는 따지지 않고, 그저 사랑했다고 생각하지만-보라는 인간 자체에 대한 신비감은 그 때 이미 사라져버렸다. 흔한 것은 값지지 않다는, 수한의 지나치게 편협하거나 과장된 태도였으며, 한편으로 만일 보라의 여성을 다른 남자들과 공유하는 것은 너무나 혐오스러운 것이었다. 처음 그녀와의 잠자리를 상상해 보았을 때, 마치 보라에게 성폭행을 당하는 것 같은 불쾌한 기분이 드는 것이었다. 보라는 분명하고 확실하게도 섹스와 사랑을 구분했으며, 오히려 사랑은 섹스와 정반대라고 생각하는 것만 같았다. 보라가 단호하게 말했었다.

- 오히려 사랑은 욕망의 정반대 편에 있는 거야.

수한도 사랑은 오히려 모든 욕심-분명하게도 성욕이 포함되어 있을 것으로 생각되었지만-과 정반대의, 대치되는 것이라고 생각하는 편이었다. 순순하게 사랑하는 사람만이 결혼할 수 있다면 결혼할 수 있는 사람은 아무도 없을 거라는 것 또한 보라의 주장이었다.

'결혼은 신이 임명한 매파媒婆인 '열정의 호르몬'이 팔을 걷어 부치고 활동한 결과다. 그래서 우리가 사랑이라고 생각하는 것은 사실은 욕정인 경우가 대부분이다. 열정의 호르몬이 수명을 다하고 밀월기간이 끝나면 스스로 속았다는 것을 알게 되지만 때는 늦었다'는 식의 주장으로 보라는 수한과의 동거 기간을 소비했다. 그리고 두 사람은 헤어졌는데, 그런 만나고 헤어지는 일련의 과정마저도, 괴로워하는 수한과는 달리 보라에게는 얼마나 쉬운 일처럼 보였는지!

 최근 수한은 성욕을 비롯한 모든 욕심에서 자유로울 수 있는 길을 찾고 있었는데, 그것은 수한의 일상을 비롯하여 사고의 체계를 뒤집어엎듯이 바꾸는 것이었다. 그러나 수한이 성인聖人이 되기 전에도 보라에 대해 판단하고 단죄할 권한은 없다는 생각에는 변함이 없었다. 음탕한 생각만으로도 죄를 지을 수 있다고 들어왔다. 또한 그런 점에서 수한도 죄에서 자유롭지 않았다. 그리고 요즈음 수한을 사로잡아 끊임없이 괴롭히고 잠 못 이루게 하는 것은 성욕이 아니었다. 그것은 바로 책冊이었다.

 모든 사람이 이 말을 받아들일 수 있는 것은 아니다, 허락된 이들만 받아들일 수 있다. 하늘나라 때문에 스스로 결혼하지 않은 사람도 있다, 받아들일 수 있는 사람은 받아들여라.

마태19.11-12

 수한은 애초에 결혼하지 않겠다는 생각이었지만 그것이 누구에 의해 허락된 것이었는지 또는 성직자가 되겠다는 이유 때문이었는지는 정확히 알 수가 없었다. 대학교를 졸업하고 군대에 다녀와서 어렵게 대기업에 취직을 했다. 이미 서른을 넘긴 나이였고 세상의 때에 물들어 젓갈이 되어 살아가는 평범한 사회인이었다. 책冊은 그 정도에서 멈추지 않았다.

네 자신을 거룩한 산 제물로 바쳐라.

로마서 12.1

수한은 쇠망치로 머리를 맞은 것처럼 한동안 멍하게 있었다. 물론 그 전에도 여러 번 성서를 읽었고 이 구절을 건성으로 지나쳤지만 이처럼 가슴에 절실하게 와 닿은 적은 없었다. 아, 제발 좀 그만하기를 바랐건만. 책은 그치지 않았다.

내 이름 때문에 집이나 형제나 자매, 아버지나 어머니, 자녀나 토지를 버린 사람은 모두 백배로 받을 것이고 영원한 생명을 받을 것이다.

마태19.29

대기업 사원 수한이 지니고 있었던 모든 것을 스스로 버리기 위한 경유지가 바로 '6만년의 섬, 식사를 하는 모임'이었다. 이곳은 일종의 오지로, 보통 사람들은 찾지 않는 곳이며, 표류한 인간이 잠시 언 몸을 녹이는 곳이었다. 세상의 낮은 곳, 소년 엘이 있는 곳이었다. 그들이 보잘 것 없는 사람은 아닐지라도 스산하고 추운 마음은 가난하고 슬펐다. 자발적으로 섬의 부족장으로 등극한 준석이 그들을 사랑하자 이내 슬픈 마음(慈悲)이 밀려왔다. 준석은 이로써 '마음이 가난한 사람(The Poor in Spirit)'이 되었다. 소년 엘이 준석을 부족장으로 생각할 뿐으로, 그는 인간들에 의해서 부족장으로 추대된 것은 아니었으므로, 그가 특별한 사명을 띠었다는 것을 스스로 알 리가 없었다. 그리고 소년 엘은 이 개성이 강하며 특별한 수도회, '6만년의 섬'에 입회한 수한이 원래 좋은 일에는 반드시 끼어들어야하며, 소외되는 것을 싫어하는 토마와도 같은 인격의 소유자라는 점과, 보람 있는 사명에 있어서는 누구에게도 뒤처지고 싶지 않은 시기심과 욕심으로 가득하다는 점을 사랑했다.

수한은 이미 엘의 삶과 죽음과 부활에 대해 알고 있었지만 왜 직접 보여주지 않느냐며 떼를 쓰는 것으로 보였다. 그러나 엘은 책冊을 통해 그를 직접 불렀다는 사실을 상기시키려고 했다. 수한은 세 번에 걸친 부름에 비로소 투정을 그치려하고 있었다.

결혼을 하는 사람들과 하지 않을 사람들은 모두 나름의 소명이 있었다는 것을 알고 있는 것일까? '6만년의 섬'은 고요했지만 부족사람들 저마다의 머릿속에는 소요가 일어났고 폭풍우가 휘몰아쳤다. 언제나 자연은 인간들 편이었고, 사나운 파도와 폭풍마저도 인간을 살찌게 했다.

#

콩나물국과 갓김치 그리고 노릇노릇 구운 고등어구이로 저녁을 차리며 미옥과 준석은 결혼은 선택이 아닌 의무일까? 서로에게 묻고 있었다. 저녁을 먹기에는 이른 시각, 아직 아무도 섬의 잔치에 오지 않아 섬은 적막에 쌓여있고, 오직 준석과 미옥뿐이었다. 준석이 접시를 든 미옥에게 소리 없이 다가가 뒤에서 살며시 허리를 안았다. 페닐에틸아민 호르몬 수치가 급상승했다. 두 사람은 한동안 말이 없었고 점점 거칠어지는 호흡과 마른 침을 넘기는 소리만이 들렸다. 미옥의 엉덩이의 갈라진 틈을 찌르는 딱딱한 것이 있었다. 두 사람은 서로 사랑하기 때문이라고 생각했지만, 이것은 오해가 없어야 할 일 가운데 하나로, 신이 인간에게 심어놓은 열정의 환각제가 바야흐로 활동을 개시한 것이었다. 몇 개월에서 길어야 몇 년 정도의 시간이 흐르면 두 사람은 환각 상태에서 깨어날 테지만 이미 때는 늦었다. 그 때쯤에는 신이 종을 퍼뜨리려는 의도는 이미 달성되고 말 것이었다. 짧은 에로스의 시간은 끝나고 그 때부터 아가페의 길고 긴 여정이 시작된다.

이런 신의 치밀한 계획과 의도를 알아차리지 못한 준석이 발기한 남성으로 미옥의 스커트 위로 육감적으로 드러나 보이는 엉덩이 가운데 부분을 문질렀지만, 미옥은 짐짓 아무 일도 일어나지 않은 것처럼 한동안 접시 닦는 손을 멈추지 않았다. 그러나 준석이 한손으로 미옥의 허리를 더 세게 껴안으며 스커트 안으로 손을 넣어 이미 촉촉이 젖은 비키니 둔덕을 만졌을 때 미옥은 허리를 비틀었고, 들릴 듯 말 듯 신음을 내뱉고 말았다. 준석의 손가락이 빨려들듯 미옥의 은밀한 동굴로 미끄러져 들어갔을 때였다. 미옥이 그만 접시를 바닥에 떨어뜨리고 돌아서며 준석의 목에 매달리며 키스했다. 잠시 전, 우연을 가장한 행동이었지만 준석은 단단히 문을 지키고 있는 폭 5cm정도의 비키니 천 조각을 옆으로 젖히는 기지를 발휘했다. 두 사람은 초콜릿처럼 녹았다. 미옥이 준석의 바지 속으로 손을 넣었다. 준석의 가슴이 미옥의 꽃봉오리를 압박하자 미옥은 순간적으로 너무 세게 준석의 남성을 쥐었지만 준석은 소리를 지르지 않았다. 다만 미옥은 세상에서 가장 단단하고 뜨거운 쇠기둥에 손을 델 뻔했다. 두 사람은 한 몸이 되어 비틀거리며 준석의 방으로 들어가 문을 잠갔다. 그러나 이때에도 두 사람은 너무나 운이 없게도, 서로 사랑하기 때문이라고 생각했다. 누군가가 지금 이 순간―남성이 여성의 질을 향해 돌진 할 때―이들을 말리려고 한다면 아마도 죽음을 당할지도 모를 만큼 두 사람의 열정은 대단해 보였다. 그런 열정을 방해하는 바보스런 행동은 마치 밥을 먹고 있는 사나운 개의 밥그릇을 뺏으려는 것만큼이나 무모하고 위험천만한 짓이었다. 그리고 지금 당장 두 사람은, 얼마가지 않아서 열정이 식고 말 것이라는 것을 인정하려들지도 않을 것이며, 설사 안다고 해도 당장은 어마어마한 에너지로 움직이는 허리운동을 결코 멈추지 않을 태세였다. 때로 본능은 인간이 어쩔 수 없을 만큼 강해보였고 인간이 아닌 누군가가 인간의 생존과 번식이라는 목적을 달성하기 위하여 심어놓은 불멸의 지능 칩이었다. 인간들은 왜 배가 고파야만 하는지, 섹스를 하고 싶어 하는 것인지에 대해 의문을 가지지 않고 당연하게 생각하는 경향이 있었다. 인간들은 생존과 생식에 너무 많은 시간을 할애할 수밖에 없었다. 그리고 그런 것들을 하지 않았을 때 괴롭거나 불편한 이유가 무엇인지 알려고도 하지 않거나 그러려니 체념했다. 원래부터 그런 일들은 인간으로서 하고 싶지 않은 귀찮은 일들이었다. 아담과 하와가 긴밀한 협의를 거쳐

금단의 열매를 따먹은 후부터 이런 귀찮은 일들이 반드시 필요한 일이 되어버렸다. 심지어는 성적인 욕구를 극복한 사람을 성인으로까지 추앙하는 사태로 발전하고 말았다.

준석은 숨이 막혔다. 목숨을 잃을 뻔한 원인은 준석에게 있었다. 준석이 즙이 흐르는 미옥의 분홍 꽃잎에 키스했을 때 미옥이 갑자기 준석의 머리카락을 두 손으로 움켜쥐어 잡아당기며 얼굴과 목 부위를 보아 뱀의 몸통 같은 허벅지로 힘껏 감아 조였기 때문이었다.

섬에 들어선 부족 사람들은 잘 차려진 저녁상을 발견했다. 그리고 평소 같으면 섬의 입구에서 인사를 나누었을 준석과 미옥이 보이지 않고 어찌된 일인지 소년 엘이 식탁 위에 숟가락과 젓가락을 놓고 있는 것을 보았다. 소년 엘은 모종의 음모를 꾸미고 나서 그 결과를 지켜보는 것처럼 말이 없었다. 부족 사람들은 엘에게 말조차 걸지 않고 조용히 식탁에 둘러앉아 밥을 먹기 시작했다. 어색한 침묵을 깨며 도치가 말했다.

- 우리 가운데에 '사람의 아들'이 있다고 하는데, 그게 사실이라고 믿는 사람은 없겠죠?

이것은 완전한 뜬소문이라고는 할 수 없고, 누군가가 의도를 가지고 퍼뜨린 것으로, 최근 보라와 희수가 거의 식사 모임에 참석하지 않고 드문드문 모습을 보이는 것이나, 섬의 부족장인 준석과 미옥이 서로 사랑하는 사이로 발전한 것이 섬이 발족할 당시의 취지와 다소간 맞지 않을 뿐만 아니라, 나아가서 '6만년의 섬'의 단합을 해쳐서 마침내 와해될지도 모른다는 위기감에서 비롯된 것이었다. 그러나 누가 이런 소문을 퍼뜨렸는지에 대해서는 아는 사람마저 없었다. 참으로 어처구니가 없는 일이었지만, 그런 소문이 있고부터는 부족의 구성원들은 슬금슬금 서로의 눈치를 살피며 말이나 행동을 조심했고, 과연 누가 '사람의 아들'일까? 하는 턱없는 의문을 가지고 살아갔다. 그리고 그동안 단순히 '식사를 하는 모임'으로만 보았던 이곳, 준석의 수학교습소 절반에 해당하는 공간이 이상하고 신비한 곳일지도 모른다는 착각에 빠져드는 것이었다. 이런 현상은 일종의 최면이나 같았고 이상하게도 평소에는 지극히 타산적이며 눈치가 빨라 이지적으로 보이는 인간들도 예상치 않게 예언을 믿어버리는 실수를 하듯, 이런 헛소문이 사실일지도 모른다는 착각에 빠지는 것이었다. 사실 식사모임의 부족 사람들 각자는 이런 종류의 허무맹랑한 말에 결코 휩쓸리지 않는, 고등동물이라는 표현마저도 기분이 나쁜, 만물의 영장인 인류였다. 이상한 아이, 엘이 말했다.

— 우리가 상상해온 천국은 '시간과 공간'이 아닐지도 몰라요. 과거도 특히 죽은 후의 미래라고 규정지을 수도 없어요. 그리고 하늘이거나 우주의 바깥 어디일 리도 없어요.

부족 사람들은 소년 엘이 어째서 저런 말을 하는지 의아하게 생각하는 중이었다.

― 그런 건 마음속에 있어요. 우리는 지금도 매순간 천국이거나 지옥이거나 또는 그 준간 쯤 되는, 이도 저도 아닌 마음으로 살아가요.

 부족 사람들은 아무래도 소년 엘을 의사 희수가 특별히 잘 돌봐주도록 부탁을 해야겠다고 생각하며 서로의 얼굴을 마주 보았지만 엘에게 들키지 않도록 고개를 심하게 끄덕이지는 않았다. 하지만 사람들은 혼자 밥을 먹을 때보다 식탁에 둘러 앉아 밥을 먹는 지금, 훨씬 편안한 마음이 되어 평화를 느꼈다. 그리고 그것이 족장 준석의 작은 자선이나 자비의 마음에서 출발하였다는 것을 상기해냈다. 준석이 보이지 않았다. 그러나 부족 사람들 어느 누구라도 준석을 걱정할 필요는 없었다. 지금 준석은 말랑말랑하고 따스하며 포포, 하고 숨을 쉴 때마다 귀를 간질이는 달콤한 머시멜로우Marshmallow 곁에 잠들어있었으므로 쉬이 깨어나고 싶지 않았다. 준석이 아내와 자녀의 부양이라는 심각한 노역, 행복한 징벌을 너무나 자발적으로 떠안게 되는 순간이기도 했다. 그리고 콩깍지 호르몬이 그 힘을 잃어버릴 때에도 준석은 인내심을 발휘하거나 동정과 자비의 마음으로 결코 머시멜로우를 쓰레기통에 버려서는 안 된다는 다소 어렵고 한편으로는 보람된 사명을 부여받는 순간이었다.

― 제발, 그길 만지지 말아요, 이제 일어나야 한단 말이야.

준석의 팔을 베고 있던 미옥이 준석의 다른 쪽 손을 잡았지만 이내 울상이 되고 말았다. 준석이 바이올린 현처럼 퉁겼을 때, 민감하고 미세하게 떨리는, 연갈색과 분홍이 섞여있는 투톤의 가슴 스위치를 건드리자 미옥이 신음처럼 뱉은 말이었다. 그러나 미옥은 어쩔 수 없다는 듯 이미 준석의 가슴에 파고들며 단단한 배를 쓰다듬었다. 준석이 미옥의 손을 잡아 자신의 남성으로 가져갔다. 미옥의 손 안에서 남성은 곧고 튼실한 줄기가 되어갔다.

― 이제 어쩔 수 없어, 하지만 사람들에게 들리지 않도록 조심조심 소리를 내지 않아야만 해,

준석이 감각만으로 동굴을 찾아 마침내 그 입구를 두드릴 때였다. 갑자기 머시멜로우가 준석의 가슴을 밀어내며 생각이 났다는 듯 말했다.

― 한 가지 잊은 게 있어요, 어머니가 그랬어요, 반지를 받기 전에는 허락하지 말라고, 맞아요, 정식으로 청혼하는 거, 프로포즈를 받기 전에는 말이에요.

머시멜로우는 차가워지는 흉내를 내었을 뿐이었다. 준석은 마음이 조급했지만 침착하기로 했다. 더구나 이런 절체절명의 순간에 어떤 제안이라도 받아들이지 않을 바보는 없다고 생각

했다. 그러나 진정을 담아 말했다.

― 미옥이 건강하지 않고 아름답지 않을 때에도 사랑할게, 나와 결혼해줘.

사실 이 말은 고백을 하려고 준석이 오래전부터 준비해둔 것이었다. 머시멜로우는 '나도 당신을 실망시키는 일은 결코 없을 거예요'라고 말하듯 즙이 흘러 넘쳤고 아름다웠다.

― 엄마가 그랬어요, 하늘이 맺어준 것을 사람이 풀 수가 없다고. 엄마는 지하교회의 열렬한 신도였어요. 그러니 제가 지나치게 정결을 강조한대도 이해해줘요.

'미옥이 언제 정결을 지나치게 강조했던가?' 그러나 준석은 달콤한 머시멜로우가 사람처럼 말하는 것을 더 이상 보고 있을 수만은 없었다. 그리고 머시멜로우는 뜨거운 열기에 녹는 성질을 가지고 있었다.

― 알겠어요, 결혼할게요. 하지만 오늘은 더 이상 그길 만지지는 말아요, 제발, 부탁이에요. 이렇게 사정할게요.

미옥은 애원하는 표정을 지었고 손을 모아 비는 시늉마저 해보였다. 베드로라는 별명을 가진 준석은 '사람의 아들'이 보여준 첫 번째 기적이 바로 혼인잔치에서 물을 포도주로 변화

시킨 것이었다는 것을 떠올렸다. 가나의 혼인잔치에서 벌어진 첫 번째 기적은 준석과 미옥을 위한 것이었다. 잠시 정적이 흐른 후에 미옥이 말했다.

 언제부터 내 말을 그렇게 잘 들었나요?

  미옥이 말했을 때, 부족 사람들은 모두 귀를 의심했다. 두 사람의 대화를 엿들으려는 것은 아니었다. 준석의 방은 식탁에서 충분히 떨어져 있었지만 방음이 제대로 되어있지 않은 칸막이 벽이었다. 그래서 부족 사람들 모두 식사에 열중하는 척하며 방에서 들릴 듯 말 듯 소곤거리는 말소리를 모두 듣고 말았다. 도치와 수한 그리고 헌률마저도 미옥의 제멋대로 식의 도발적인 질문을 만일 자신들이 받을 경우를 가정해보며, 그럴 경우 어떻게 행동해야할지 고개를 갸우뚱거렸다. 시간이 꽤 늦었고, '6만년의 섬' 주위는 파도 소리마저 잠잠해졌다. 사람들은 식사를 마치고 조금 늦게 섬에서 나오며 행복한 기분에 젖었다. 그 가운데에는 꼭 결혼을 해야겠다고 결심하는 사람과 결혼하지 않고 거룩한 일을 하겠다고 결심하는 두 부류가 있었다. 저만치 도열해있는 가로등이 어둠속 등대처럼 보였고, 등대는 결혼하려는 자와 결혼하지 않는 자, 모두를 가리지 않고 축복하는 빛을 보여주었다.

 이해할 수 없어요, 왜 이렇게 행복해야하는지? 하지만 말이에요, 신이 인간에게 선물을 준 대신에 바라는 게 있을 거예요. 뭐든 공짜는 없잖아? 그렇지 않아요?

미옥이 준석에게 말했다. 같은 시각, 보라는 희수의 아파트에 함께 있었다. 이제 막 열정의 호르몬을 맘껏 소비하고 나서 티슈로 희수의 남성을 닦고, 시트를 적시며 미끈거리는 날계란의 흰자 같은 액체를 훔치며 보라가 말했다.

― 인간들로 하여금 종을 널리 최대한 많이 퍼뜨리라는 거예요, 생각해 보아요, 원 플러스 원, 사은품인 오르가즘마저 없다면 누가 섹스를 하려들까요?

희수는 한 손으로 가슴을 가린 채 쉬지 않고 말하는 보라의 어깨에 키스했다. 그녀는 오르가즘을 신이 인간으로 하여금 간단없이 종을 퍼뜨리게 하려는 일종의 미끼라고 설명하는 중이었다. 그러나 그녀는 뜻밖에도 섹스가 나름대로 의미를 가지는 것이라고 인식한 나머지 왜 난자를 냉동보관하고 인공수정으로 아이만 낳고 살기를 원했던가에 대하여 곱씹어 보는 중이었다.

― 혐오스러웠어, 그런데 그게 전부는 아닌 것 같아요,

희수는 보라가 계속 지껄이게 내버려두었다. 희수는 이미 그 답을 어렴풋이나마 알고 있었다. 보라는 바람직하지 않은 남녀의 결합을 보았고, 혐오스럽게 여기고 말았다. 다른 이유

로 의사 희수는 돈과 욕정에 눈이 어두운 전처에 대한 혐오감으로 섹스를 기피했다. 혐오스러웠지만 그것이 전부는 아니었다는 공감대가 두 사람 사이에 형성되고 말았는데, 그것은 그동안 혐오해마지않았던 섹스가 기대 이상의 기쁨을 안겨준 탓도 있었다. '이런 거였다면 굳이 마다할 이유가 있었을까?' 생각하는 것이었다. 다소간 지적으로 보이며 교만할 수도 있는 성혐오주의도 결국 신이 마련한 비장의 무기인 오르가즘 앞에 무릎을 꿇고 굴복하고 말았다는 것을 인정하기에는 자존심이 상하는 일이기는 했다. 그러나 오르가즘을 제공한 신을 제외하고는 아무도 그 저의를 미리 알아차리는 이도, 의심하는 이조차 없었다. 보라가 몸을 움직이자 가슴을 덮고 있던 얇은 실크가 흘러내리며 보리의 우유 빛 가슴이 드러났다. 보라가 실크를 들어 올리며 희수에게 들어오라는 눈짓을 보냈다. 희수가 보라의 가슴에 얼굴을 묻자 보라가 그의 머리를 감싸 안았다. 힘든 노역의 화신인 희수의 남성이 다시 고개를 쳐들기 시작했다. 보라는 까끌까끌한 희수의 턱수염이 유두를 간질이자 여성을 그의 허벅다리에 더 밀착시켰다. 이미 여성은 습기로 젖어 있었다. 출산의 전주前奏였으며 바로 신의 목적이 달성되는 순간이었다. 뒤이어 종의 탄생과 번영을 기원하는 요란한 사물놀이가 시작되었다.

고등어 문장

— '익투스(ICTUS)'는 영어 표기에요. 그리스어 '이크튀스(ΙΧΘ ΥΣ)'는 '물고기'라는 뜻이지만 다른 함의含意도 있어요. '그리스도'나 '그리스도인'을 의미하죠.

미옥이 부족들의 모임인 저녁식사자리에서 구운 고등어와 함께 화제꺼리로 식탁에 올린 것이었다. 미옥은 어머니 문화가 북한에서 죽음을 무릅쓰고 몰래 다녔을 지하교회를 다시 떠올리며, 언젠가 어머니에게서 들은 적이 있는 물고기 문양에 대하여 이야기를 계속했다.

— 로마에서 초기 기독교 박해를 피하기 위해는 신자들은 서로를 알아보기 위한 표식이 필요했어요. 서로 교통하고 비밀을 유지하기 위해서겠지요. 한 사람이 물고기의 반을 그리면 상대방이 나머지 절반을 그리는 식이었어요.

'6만년의 섬'이라고 이름 지은, 준석의 수학교습소 한쪽에 둥지를 틀고 있는, 가상의 섬 부족 사람들은 서로를 알아보기 위한 표식으로, 또 어떤 문장紋章을 만들어야 하는지, 어떤 모양일지 생각해보았다. 그것은 짐승보다 고결하고 또한 확연하게 구별되는 '사람의 문장'이어야만 했다.

　식사모임의 특별한 회원인 도치가 섬의 일원이 되기로 한 데는 나름의 목적이 있었다. 그리고 목적을 달성하기 위하여 호시탐탐 그 기회를 노리는 중이었다. 도치의 이런 의지에 찬물을 끼얹으며 훼방을 놓는 것이 있었는데 그것은 바로 사람의 양식으로, 저녁식사 때에 자주 식탁에 오르는 물고기, 고등어였다. 도치가 억울하다고 여겼으며 그런 억울한 옥살이를 하게 된 이유가 보라의 아버지, 검사 때문이라는 마음은 지금도 변함이 없지만, 당초의 비감한 결심이 차츰 그 농도를 잃어가서 이젠 빛이 바랜 종이처럼 하얘지고 말았다. '함께 식사를 한다는 것이 이런 건가?' 사람의 양식은 바로 '사랑'이었다. 도치는 '강간 미수'라는 얼토당토않은 누명을 씌운 검사의 말 그대로 그의 딸 보라에게 되갚아줄 생각으로 섬에 합류했던 당시의 의도마저 잊어버리고 말았다. 보라는 이미 도치가 어떤 이력의 소유자라는 것을 알고 있으면서도 친절하게 대해주었다. 보라의 음식솜씨는 형편없는 수준으로 미역국에 고춧가루를 풀거나 된장국에 식초를 넣는 기상천외한 요리법을 소개하는 정도였다. 그러나 그녀가 단 한 가지, 여러 번의 시행착오를 거친 후 잘하게 된 것은 바로 프라이팬에 노릇하게 굽는 고등어 구이였다. 프라이팬에 약간의 식용유를 두르고 약한 불에 올려 팬이 조금 달았을 때 배를 반으로 가른 고등어의 살 부분이 아래로 가게 팬에 올려놓는다. 그리고 충분히 익었다고 생각되면 뒤집어 푸른 등 부분이 팬에 눋지 않도록 한다.

보라가 도치에게 경계심을 가지지 않도록 할 필요가 있었다. 도치가 보라의 요리선생을 자처하여 어렵지도 않은 고등어 대충 굽는 법을 지도한 이유였다. 도치와 보라를 비롯하여 섬의 식구들의 옷에는 언제부턴가 비슷한 냄새가 나기 시작했다. 옷뿐만이 아니었고 몸에서도 유사한 된장 냄새나 그 전날 모두 둘러 앉아 젓가락과 숟가락을 부딪치며 함께 먹었던 고등어구이 비린내나 김치찌개의 시큼한 냄새가 풍기는 것이었다. 그래서 냄새를 없애기 위해 같은 향수나 스킨을 함께 쓰기도 하고 어디에서 어떤 향수를 구할 수 있는지 서로 정보를 교환했다. 그러나 그것보다 함께 식사를 하며 달라진 점은 부족의 사람들이 점차 외로움을 털어내고, 만나는 모든 사람들에 대해 좋은 기분을 가지며 좀 더 사교적으로 변해간다는 것이었다. 그런 점에서 그들이 먹고 마신 것은 음식이상의 것이었다. 보라가 도치에게 향수를 선물했을 때 도치는 마음에 숨겨왔던 계획을 접고 말았다. 도치는 이 거룩한 고등어에 대하여 감사하는 마음이었는데 그것이 다만 양식이었을 뿐만 아니라, 굳이 구체화된 모형으로 표현하자면, 부족의 족장인 준석이 구원한 외로운 영혼들로 구성된 씨족의 상징적인 표지로, 바로 부족 사람을 나타내는 물고기 모양의 문장紋章이었다.

준석이 그물을 던지자 그물이 찢어질 만큼 많은 물고기가 걸려들었다. 그것으로 끝이 아니었는데 처음 준석이 섬을 개원했을 때 어두운 표정으로 말이 없던 부족 사람들이 이제 몰라보게 밝은 표정으로 인사를 하고 웃고 떠드는 것이었다.

준석은 보람이라거나 성공이라고 표현하기에도 부족한 기쁨을 느꼈다. 준석이 건져 올린 물고기에는 그 입속에 은화가 가득 들어 있었다. 소년 엘은 그다지 말을 많이 하지 않는 편이었다. 그는 준석을 영세명인 '베드로'로 불렀다.

― 베드로, 바다에 나가 낚시를 던져 낚인 고기의 입을 열어 보아요, 그 속에 한 스타테르짜리 은전이 들어있을 거예요.

소년 엘의 말대로 '6만년의 섬' 주위에는 고등어가 살았고, 준석이 잡은 고등어의 입속에는 은화가 가득 들어있었다. 사람을 낚는 어부가 누리는 기쁨도 구원받은 자에 못지않았다.

엠마오로 가는 길

하늘 높이 무지개 구름, 채운이 걸렸다는 단원들의 환호에 문화는 연습실 창문 쪽으로 다가갔다. 과연 단원들의 말대로 여러 가지 빛깔로 아롱진 무지개구름(彩雲)이 떠있었다. '채운'은 남편의 이름이기도 했다. 사랑한다는 표현은 못해도 속정이 깊은 사람이었다. 가족에 대한 책임감이라면 그 누구에게도 뒤지지 않을 남편이 압록강을 건너 탈북한 후에 중국 땅을 헤매다가 마침내 한국에 입국을 하고서도 얼핏얼핏 그림자만 보여주고 나타나지 않는지, 도대체 평범하지 않은 남편 채운이 원망스러웠다.

채운이 주변의 사람들에게 입국한 사실을 문화와 미옥에게 알리지 말아달라고 간곡하게 부탁을 한 것은 그럴만한 사정이 있었는데, 남들은 전혀 이해할 수 없는 것으로 보이는, 별난 채운만의 아집 때문이었다. 가장으로서 떳떳한 모습으로 가족들 앞에 나서겠다는, 단순하면서도 결혼 후 한 번도 변한 적이 없는 결심을 지키고 싶었고, 문화에게 남자가 생겼을지도 모른다는 오해도 작용한 결과였다. 채운은 문화나 딸 미옥에게 언제나 당당한 남편이자 아버지였다. 채운은 대한민국에 입국하기 전, 중국에서 잠깐 골동품 중간상으로 활동했다. 조선 중기까지 거슬러 올라가, 개성의 외가는 대대로 부를 축적하며 한반도의 상권을 쥐락펴락했다. 일제와 공산정권하에서 수탈을 당했다고는 하지만 간장 종지나 개밥그릇 등 집안에 굴러다니던 집기류가 고가의 골동품이라는 사실을 알게 된 것은 세월이 좀 흐른 뒤였다. 한편으로 채운은 원래 태생이 화가였다. 그러나 뜻을 펼 수가 없었다. 체제선전을 위한 그림 밖에 그릴 수가 없었던 현실이 안타까울 뿐이었다.

#

채운은 하릴없이 인사동을 어슬렁거리며 골동품 가게 안을 기웃거렸다. 그동안 마땅한 일거리를 찾지 못해 처진 어깨를 하고 무거운 발걸음을 옮겼다. 마치 예수가 십자가에 못 박혀 희생제물이 된 후 부활했다는 사실도 모르고 실의에 빠져 엠마오로 가는 제자들처럼 풀이 죽어 있었고, 어디로 가야할지도 모른 채, 발 가는 대로 목적도 없이 주위를 두리번거리며 걸어가고 있었다.

채운에게 직업이나 일은 자존심을 일으켜 세우는 것이었다. 하지만 채운은 낯선 대한민국 땅에서 무엇부터 어떻게 시작해야 할지 막연하기만 했다. 그러나 이런 채운의 기분과는 달리, 주말을 맞아 인사동에서 관훈동으로 이어지는 길에는 사람들로 붐볐다. 골동품과 화랑, 표구방, 전통찻집, 공예품 가게가 정겹게 어우러진 소로에는 외국인 관광객들도 많이 눈에 띄었다.

채운은 대한민국의 품에 안기고 나서도 꿈이 이미 이루어 졌다는 것을 인식하지 못하고 실의에 빠져 엠마오로 터벅터벅 걸어가듯 하루하루를 살아갔다.

그는 독재치하에서 벗어나 자유롭게 그림을 그리는 날을 꿈꾸었고 탈북 후 마침내 조선족 마을에 머물며 처음으로 원하는 그림을 그릴 수가 있었다. 채운의 작품을 처음 본 한국인 골동품상이자 화상이 선뜻 팔지 않겠느냐는 제안을 했다. 돈이 아쉬웠던 채운은 그의 제안을 받아들였다. 그리고 그런 사실을 까맣게 잊었다.

실의에 빠져 인사동 거리를 인파에 휩쓸려 걸어가며 아내 문화를 생각했다. 그녀는 공연예술가로서 일가를 이루어 활동을 하고 있고 딸 미옥도 학교생활에 잘 적응하고 있다는 것을 확인한 후에는, 채운이 가장으로서 경제적으로나 사회적으로 존경받는 아버지의 모습을 보여주고 싶었다. 주변에 그를 아는 사람들은 왜 당장 달려가서 가족을 만나지 않느냐며 고개를 갸우뚱거렸지만 채운의 생각은 달랐다. 언제 어디에나 어떤 상황에서도 아내나 자식에게 보여주어야만 할 것은 남편이자 아버지로서의 당당한 모습이 있었다. 그러나 대한민국에서 당장 무엇을 해야 할지 막막한 가운데 시간은 흘러 한국에 온지도 벌써 두 해를 걸쳤다.

복잡한 길에서 사람들이 어깨를 치며 지나갔다. 이때였다. 저만치 앞에 거리를 가로지르며 현수막이 내 걸린 것이 보였다. 《옥 채운 화백 동양화 전시회》라고 적힌 글자가 시선을 찔렀다. '대한민국에도 나와 같은 이름을 가진 사람이 있다니

신기하다'라고 생각하며 가까이 다가가 보았다. 그때였다.

― 옥 선생 아니십니까?

'누가 내 이름을 부르나?' 채운이 돌아보았다. 갤러리의 유리문을 밀치며 뛰어나온 이는 안면이 있는 얼굴, 조선족 골동품상점에서 채운의 그림을 구입했던 그 사람, 대한민국의 화상 백씨였다. 백씨는 이런 의외성을 이해할 수 없다는 놀라움과 반가움이 뒤섞인 얼굴이었다. 투박한 그의 손이 채운을 잡았다. '아, 이제 확실히 알겠어!' 악수를 하니 백씨가 확실했다. 악력이 남달랐던 그를 채운은 기억해냈다.

― 도대체 어찌된 일이에요? 입국하셨으면 왜 진작 알리지 않으셨어요?

'연락할 방법이 있어야지' 하고 채운이 마음으로 되물었지만 한편으로는 융통성이라고는 없었던 스스로를 원망했다. 백씨는 채운을 끌어안다시피 해서 갤러리 안으로 데리고 들어가 한쪽 구석의 탁자로 안내했다. 잠시 후, 여직원이 김이 피어오르는 차를 내오며 깍듯이 인사를 했다.

― 옥 선생님을 한번 뵙고 싶었어요.

여직원이라고 생각했던 백씨의 딸이 한 말이었다. 이어 백씨가 입을 열었다.

— 우리 아이는 골동품과 그림 공부를 하고 있지요.

채운은 '도대체 이게 무슨 영문인가?' 생각했다. 전혀 뜻밖이었다. 백씨가 한국에 있다는 것마저 염두에 둔 적이 없었고, 더욱이 그가 채운의 작품으로 전시회를 연다는 것도 상상할 수 없는 일이었다. 지난 몇 분이 마치 꿈속 같았다.

— 옥 선생, 당신은 이미 국내 화단에 알려져 있어요, 중섭 이후에 새로운 천재가 나타났다고들 하지요.

중섭이 누구인지, 백씨의 말이 무엇을 의미하는지 정확히 알 수는 없었지만 앞으로 마음껏 작품 활동을 할 수 있겠다는 것과, 그 무엇보다도 조만간 꿈에도 그리던 아내와 딸 미옥 앞에 당당하게 나설 수 있을 거라는 예감에 갑자기 가슴이 먹먹해지며 눈앞이 흐려져 왔다. 의식 속에 가물거리며 꺼져가던 희망의 불씨가 다시 지펴지는 것만 같았다. 채운이 감격에 겨워 눈시울을 붉히자, 영문을 알 리가 없는 백씨가 말했다.

— 저도 눈물이 납니다, 자유대한민국 서울에서 채운선생을 다시 뵙다니.

그는 눈물을 훔쳐내며 채운의 어깨를 거머쥐었다. 아내 문화와 딸 미옥의 얼굴이 아지랑이처럼 채운의 눈앞에 어른거렸다. 코끝이 시리다 못해 아파왔다. 엠마오로 가는 길은 절망에서 희망으로, 영원한 생명을 향해 뻗어있었다.

언젠가 채운이 살고 있는 아파트에 찾아와 미옥과 함께 저녁을 먹는 모임의 식구라며 소년 엘이 했던 말이 생각났다.

─ 제 말을 그렇게도 믿기 어려워요? 당신은 이미 나의 빵을 먹고 포도주를 마셨어요. 내가 사흘 만에 다시 살아난다고 하지 않았던가요?

'어떻게 믿을 수가 있었겠는가?' 채운은 소년 엘이 왔던 길을 되짚어 서울까지 무사히 돌아갈 수 있을지가 염려스러웠다. 소년 엘은 스스로 반드시 고난을 받아야했으며 그것은 영광을 위한 전주前奏였다고도 말했다.

─ 희망의 부력은 악의 중력보다 커요. 물위를 걸을 수 있는 이유에요.

엘이 채운과 식사를 한 후에 '6만년의 섬'으로 돌아가기 전에 마지막으로 남긴 말이었다.

문화는 연습실의 창을 통해 훈풍에 실린 무지개 구름이 낮게 떠서 다가오는 것을 보았다. 남편은 마지막 전화 통화에서 말했었다.

─ 문화가 있는 곳이 내 집이고 내 고향이야. 어디에 있든 당신이 있는 곳이 내 집이지. 그러니 내가 당신이 있는 한국에 간다면 나로서는 그게 귀향歸鄕이야.

그러고는 소식은 끊어졌다. '그렇게 멀쩡하게 세상 이치를 잘 아는 사람이 왜?' 문화가 문득 올려다 본 하늘에는 채운彩雲이 마치 손을 뻗으면 닿을 듯 내려와 앉아 투명한 무지개 빛깔로 반짝였다. 문화는 '무지개 구름'과 남편의 '귀향에 대한 남다른 견해'를 연결하여 그 뜻을 곱씹어 보았다. 고해성사를 해야겠다고 생각했다. 잠시나마 두용을 사랑하고 그리워하는 마음이 있었다. 어디 그뿐이랴, 그와 정사를 나누는 꿈도 꾸었고 속곳을 적신 적도 있었다. 그러나 동물이 아닌 인간에게만 가능한 일로써, 문화의 정신은 시도 때도 없이 욕정으로 비등하려는 육체에 더 차가운 이성의 얼음물을 퍼부어 압도했다. 두용이나 심지어 남편 채운마저도 변하고 시들어가는 불꽃일 뿐이었다. 남편 채운이 한국에 '오지 말았으면' 하고 생각할 때도 있었다. 애정이 행복을 보장한다고 애초에 믿지도 않았다. 다만 미워하거나 욕정을 좇아 두용과 만나며 스스로를 불태운다면 더 불행해지고 말 거라는 것만은 잘 알고 있었다.

남편과의 관계도 욕정에서 비롯된 집착이거나 열정이었을까? 욕정이 결혼이 되었고, 결혼은 생활이 되었을지도 모른다. 그래서인지 남편의 부재는 잠깐 동안 문화를 불편하게 했지만 이내 편해지고 말았다. 채운이 목숨처럼 소중히 여기는 문화도 허무한 구름에 지나지 않았다. 그리고 문화가 바라본 세상에는 욕정을 따라 살지 않아도 될 만큼 흥미 있는 일들이 넘쳐났다. 남편과의 소식이 끊어져버렸지만 찾아 나서지 않은 것은 애정이 식어버렸거나, 아예 없었던 것은 아니었는지 스스로에게 질문을 던져보았다. 이런 허를 찌르는 물음에 대해 문화의 자아는 묵비권을 행사했으므로 진위는 감추어져 분명한 모습을 드러내지 않았다. '남편이 불쑥 찾아오면 어떻게 하나?' 걱정이 앞설 때도 있었다. 모든 일이 뒤죽박죽이 되어 버릴 것만 같았다. '남편 없이도 잘 살고 있는데!' 그러나 문화는 지금껏 역경에 처했을 때에 스스로를 인간의 손에 맡기지 않고 신에게 의탁하여 살아왔다. 남편은 측은하게 여겨지는 사람이었다.

하늘에 걸린 채운은 이미 문화가 손을 뻗으면 닿을 정도로 가까이 내려와 있었다. 문화가 혼잣말로 중얼거렸다.

─ 에그, 나이를 어디로 먹는지, 아직도 물가에 내놓은 아이 같으니.

문화로서도 남편이 어떤 존재인지 말로나 마음으로 다 표현하기가 어려웠다. 생각할수록 가슴이 저려올 뿐이었다.

신의 휴일

'6만년의 섬' 식구들은 점점 줄어들었다. 회원들의 머리수가 줄어든 것은 아니었지만, 참석하는 비율이 현저하게 저조하여 경우에 따라서는 두서너 명만이 모여 앉아 식사를 하는 광경도 자주 연출되곤 했다.

섬의 식구들은 보라와 의사 희수가 조만간 섬의 식구들 앞에서 작은 약혼식과 아울러 결혼을 발표하게 될 것이라고 입을 모으며 마음속으로 축하를 해주었다. 두 사람은 식사 모임에 참석할 명분이 없어져버렸다. 그럼에도 섬에서 저녁 식사를 하는 모임은 꾸준히 명맥을 이어나가던 중에 대기업 사원 수한이 아무런 말도 없이 홀연히 사라져버린 사건이 일어났다. 그는 작정이라도 한 듯 소식을 완전히 끊어버렸기 때문에 식구들은 평소 사이가 나빠서 자주 다투던 바리사이 철학교수 헌률 때문인가도 생각했지만, 헌률도 최근 그와 화해를 했고, 주먹다짐까지 벌였던 도치와도 데면데면하게 지냈다고는 하지만 그것이 식사모임에 나오지 않는 이유가 될 수는 없었다. 수한의 휴대폰도 끊겼고, 뒤이어 살던 집에서 이사를 했다는 소문이 들려왔다. 더 놀라운 사실이 있었다. 좀 시간이 흐른 후에, 수한이 대한민국의 젊은이라면 누구나 입사하기를 소망하는 굴지의 대기업에 미련 없이 사표를 던지고 말았다는 충격적인 소식을 섬의 남은 식구들이 들어야만 했다.

도치가 열무김치를 씹으며 수한을 비난하기 시작했을 때 식구들은 모두 눈살을 찌푸렸다. 도치는 칭찬마저도 비아냥거리는 투로 말하는 남다른 재주가 있었다.

— 난 짐작 할 수가 있어. 그다지 어려운 일이 아니지. 그는 회사 자금을 유용했다거나, 뭐 그런 일에 연루된 게 분명해. 그렇지 않고서야 이렇게 갑자기 연락을 끊어버릴 이유가 없잖아?

수한은 종적을 감추기 바로 전까지도 섬의 식구로서 가까이에서 보라를 지켜보았다. 대학교를 졸업한 뒤에 약속이나 한 듯이 보라와 헤어졌지만, 보라가 섬의 족장 준석이 깃발을 올린 '6만년의 섬'에 서식하고 있다는 것을 알게 되자마자 일말의 망설임도 없이 수한도 섬의 식구가 되었다. 그리고 의사 희수와 보라가 친구에서 연인으로 바뀌어가는 과정을 마치 남의 일처럼 관찰할 수밖에 없었다. 대학생이었던 보라는 수한에게 말했었다.

— 모든 암컷과 수컷에겐 성기가 있어. 그러나 인간과는 달리 짐승들은 부끄럽다는 말의 의미를 몰라. 선악과를 따먹은 건 오직 인간이었으니까 말이야.

대학 신입생 때부터 보라는 의외로 개방적이었지만 그것이 오히려 수한으로 하여금 처음 보라의 과일에 손을 대거나 깨무는 것을 어렵게 했다. 보라는 성이 소중하게 다루어야할 그 무엇이거나, 사용하지 않은 채 보관되어져야 할 것이 절대로 아니라는 명백한 태도를 보였다. 보라는 성이란 하찮을 뿐이라고 공공연하게 말하고 다녔다. 무엇이 보라의 외모나 나이 그리고 겉보기로는 유복한 가정환경에 전혀 걸맞지 않은 그런 회의적인 성의식을 심어주었을까? 수한은 자신의 성기가 보라에게 마치 삶은 고기의 특수부위처럼 취급되는 것에 강한 반발심을 가질 수밖에 없었다. 그런 반항으로 수한은 처음 몇 달간은 보라와의 육체적 관계에 대해서는 아예 상상조차 하지 않음으로써 철저히 자존감을 일으켜 세우는 방법으로 대응했다. 그래서일까, 처음 보라와 수한은 마치 이성이 아니거나 두 사람 모두가 극단적으로 성기가 아예 없는 사람처럼 행동했다. 금단의 열매를 따먹기 전의 아담과 하와처럼 부끄러워할 필요도 없었고, 실제로 수치심을 느끼지도 않았다. 열정이나 욕망이 없어서 죄도, 수치심마저도 없었던 것이었을까? 그랬다는 것이 믿어지지 않고 세월이 지나서 생각해보아도 우습기까지 한 사건이었지만, 당시 보라와 수한은 방에서 함께 뒹굴며 시험 준비를 하다가 늦으면 어느 한쪽이 집으로 돌아갈 생각을 하지도 않고 밤을 새우며 열심히 무언가를 했던 기억이 났다. 그리고 그 무언가는 보라를 고시에 합격하게 했고 수한의 오늘날이 있게 했다. 고시촌의 쪽방이나 수한의 오피스텔 침대에서 함께 잠을 잤다. 다만 밥을 먹고 잠을 자듯 생리적인 욕구―그것에 대해 명확하게 정의를 내리지 않은 채―를 해결했을 뿐이었다.

수한이 우연을 가장하여 섬에서 보라를 다시 만났을 때, 그녀는 별반 달라진 것이 없는 예전 그대로의 모습이었다. 굳이 달라진 분위기를 꼬집어 말한다면 의사 희수가 보라의 주위를 있는 듯 없는 듯 맴돌고 있었다는 점이었는데, 그것을 보라의 변화라고 말하기에도 어색한 것이었다. 한 가지 수한의 마음을 아프게 한 것은 보라가 혼자 저녁을 먹어야만 하는 외로움을 이겨내기 위하여 '6만년의 섬'을 찾았다는 점이었다. 무엇이 보라를 외롭게 한 것이었는지가 의문이었다. 그리고 바로 얼마 후 그녀는 의사 희수와 동거에 들어갔다는 것을 알게 되었다. 수한으로서는 축하를 해주어야 할 일이었지만, 의사 희수와 보라가 함께 생활하는 모습을 떠올릴 때마다 불쾌한 기분에 빠져드는 것이었다. 딱히 불쾌해야할 이유를 알 수가 없었다. 수한은 보라에게 남자가 생겼다는 사실 앞에서도 아무런 심경의 변화가 없어야 할 테지만 이제 그는 달랐다. 그리고 그 달라진 이유를 본인도 정확히 알 수 없다는 것이 더 큰 문제였다. 수한이 보기에 보라의 변화는 일종의 죄였고 약속을 어기는 행위로 여겨졌다. 손등이나 이마를 드러내 놓고 거리를 활보해도 수치심을 느끼지 않는 것처럼 성기를 가려야할 무엇이 아닌 것처럼 행동하던 보라는 이제 성이 죄가 될 수 있다거나 쾌락이 될 수 있다는 것을 인식하고 만 것이라면, 학창시절 비교적 길었던 낙원에서의 수한과 보라의 동거는 일시에 그 의미를 잃고 말 것이었다. 수한으로서도 성기를 오직 출산의 목적으로만 사용해야 한다는 옹졸한 주장을 펴려는 것은 아니었다. 다만 보라의 동거가 학창시절, 보라와 수한이 선악과를 따먹기 전의 상태를 가정하여, 죄를 짓기 전의 상태를 유지하며, 그리하여 두 사람이 남녀가 아닌 단지 친구로 지내는 것에 지나치게 공감한 나머지 나름대로 규율을 지켜왔다고 여겨지는 서로에 대한 지독한 배신처럼 느껴졌다. 또는 보라는 지금까지 철저하게 수한을 속여 온 것이었을 수도 있다는 데까지 생각이 미치고 말았다. 그렇지 않다면 보라는 욕심이거나, 그 일종으로 여겨지는 성욕을 성기에 새롭게 장착한 듯 보였다. 수한이 알고 있기로는, 보라의 성적 혐오 심리는 생물학적인 아버지의 문란한 과거에서 출발되었다고는 하지만, 문제는 보라의 내부에 있었다는 것을 수한은 잘 알고 있었다. 인간은 타인을 판단할 권한이 없다는 것이 신의 가르침이라면 과거의 그녀는 적어도 교만하여 아버지를 비롯한 남을 판단하는 어리석음을 범하고 말았던 것이었다. 그러나 지금 그녀는 새로이 무엇에 집착하는 것일까? 수한이 보기에 그녀는 학창시절의 풋풋했던 보라의 모습이 아니었다. 그런 점에서 수한도 보라를 나무랄 입장은 아니었다. 그 역시 열정과 질투로 자유를 잃었고 그 자리는 집착이라는 괴물이 자리를 잡았다.

토요일은 '6만년의 섬이' 적막에 잠기고 보라와 의사 희수 두 사람만이 나란히 식사모임에 참석하는 날이었다. 준석과 미옥 그리고 소년 엘도 자원봉사 활동으로 식사모임에서 멀리 떨어진 곳에 있고 다른 섬의 식구들은 이 날만은 모두 저마다 바쁜 일정을 핑계로 참석을 하지 않아서 두 사람만의 만찬이 되어버렸고, 또 그것이 참석의 이유이기도 했다. 식사모임이 실질적으로 휴업상태가 되는 날이었는데, 간혹 새롭게 섬의 일원이 되기 위해 소심하게 주말을 이용하여 문을 두드리는 사람이 그냥 돌아가는 일이 없도록 한다는 취지에서 보라와 의사 희수가 이날 자청하여 섬을 지키기로 했다. 이상한 일이었지만, 한동안 모습을 보이지 않았던 수한이 식사 모임에 나타났다. 오히려 그는 미리 와서 두 사람을 위해 저녁 식사를 준비하고 있었다.

　보라와 의사 희수는 지금 수학교습소건물에는 자신들 외에는 단지 수한 한사람뿐이며, 주방에서 음식을 준비하는 수한마저도 주방과 대각선으로 정반대 방향의, 위층 복도 끝에 있는 여자 화장실까지 오지는 않을 것으로 착각을 하고 말았다. 화장실은 큰 출입문과 개별 문으로 이중으로 잠글 수가 있어서 보라와 의사 희수는 아늑한 기분을 느꼈다. 의사 희수는 수한이 저녁을 준비하는 것을 내버려 둔 채 주방을 나서는 보라의 뒤를 따라갔다. 그녀가 가고 있는 목적지는 희수도 잘 알고 있는 익숙한 곳으로, 보라와 희수가 섬의 식구들 몰래 밀회를 즐기던 곳이었다. 보라가 안으로 들어가자 돌아서며 출입구 큰 문을 잠그고 흔들어 확인까지 했다. 보라는 얼른 옷을 벗어 개별 화장실의 문에 달린 고리에 걸었다. 보라는 뚜껑을 닫은 변기 위에 올라가서 의사 희수를 향해 돌아섰다. 그녀의 둔덕이 희수의 눈높이에 있었다. 그가 키스하자 보라가 그를 당겨 안았다. 희수가 혀가 보라의 분홍 꽃술을 애무하기 시작했다. 희수의 뜨거운 호흡이 보라의 민감한 곳에 닿을 때마다 보라는 움찔 몸을 비틀거나 갑자기 허리를 접었는데, 한손으로는 연신 희수의 이마를 밀어내며 또 다른 한손으로는 머리카락을 잡아당겨 그의 입술을 비롯한 얼굴 부위가 보라의 아랫배와 둔덕을 애무하기를 원하는 이해할 수 없고 앞뒤가 맞지 않는 어색한 동작이었지만, 희수는 보라의 모순적인 수신호에 익숙하게 반응했다. 보라는 잠시 후 변기뚜껑에서 내려서며 벽을 손으로 짚고 허리를 굽혔다. 보라의 성기가 적나라하게 희수를 향하여 붉은 입술을 벌렸다. 희수가 보라의 뒤에서 갑자기 찔러 들어가자 보라가 충격에 움찔 무릎을 굽혔다가 이내 희수의 피스톤 운동에 반응하기 시작했다. 희수가 변기의 물을 내렸지만 보라의 고양이 울음소리를 완전히 소거하지는 못했으므로 주방에서 요리를 하던 수한은 복도를 타고 흘러들어오는 음향을 무심하게 듣고 있었다. 원래 텅 빈 계단실은 공명을 만들기에 좋다는 것을 보라와 희수는 잊고 있었다. 고양이는 2층의 복도를 내달려 1층 주방으로 들어왔고 식탁을 뛰어넘어 급기야 수한의 귀를 물어뜯고 말았다. 그는 피를 흘렸다.

#

한편 문화의 남편 채운은 '채운갤러리'의 '공동 대표'라는 직위가 선명하게 인쇄된 명함을 만들었다. 서울 한옥마을에 날아갈 듯 단아한 기와지붕에 한 아름 굵기의 기둥이 아름다운, 마음에 쏙 드는 한옥주택을 마련한 날, 곧바로 문화를 찾아가기로 결심을 하고 부산으로 향했다. 부산으로 내려가는 길, 두 시간이 2천년처럼 길게 느껴졌다. 문화가 살고 있는 아파트를 문득 방문하여 아내 문화를 놀라게 해 줄 생각에 가슴이 방망이질 쳤다.

같은 시각, 문화가 연습실에서 두용의 전화를 받은 것은 지난 닷새간의 연습과 공연이 되풀이 된 강행군으로 피로가 켜켜이 쌓인 퇴근 무렵이었다. 그리고 문화의 심기를 불편하게 한 것은 아주 사소한 일로, 그만 베란다의 창문을 열어둔 채 집을 나섰다는 것이었는데, 낮 뉴스에 황사주의보를 듣고 난 후부터는 계속 불안한 마음에 빨리 집으로 돌아가고만 싶었다.

─ 오늘은 집으로 바로 가봐야 해요, 사정이 좀 있어서요, 잘 지내시죠?

"그럼 제가 집 앞으로 갈게요, 공연 부탁드릴 것도 있고 제게 좋은 소식이 있어요, 앞으로 자주 뵙기도 힘들 것 같아요."

문화는 두용의 말이 반갑다기보다 왠지 불길한 느낌이 밀려왔다.

─ 내일 만나면 안 될까요? 시간을 내서 저녁이라도 대접해드리고 싶어서요.

두용은 문화에게 주기 위해 방금 꽃집에 들러서 가슴에 안은 안개꽃이 시들어 버릴 것만 같았다. 그리고 미스 리와 결혼하게 되었다는 말을 직접 만나서 전하고 싶었다. 두용으로서는 문화를 기억에서 지울 수 있는 가장 좋은 방법이었다. 문화에 대한 그리움이 더 짙어지기라도 한다면 스스로도 주체할 수 없어 충동적으로 어떤 사고를 저지를 지도 모른다는 불안이 밀려오던 때에, 에라, 번지 점프하듯 내린 결론이기는 했다. 결혼 소식을 알린다는 핑계로 마지막으로 문화를 만나려는 것이었는데, 의심할 여지도 없이 문화를 만나고 헤어지는 과정은 두용에게 분명한 상처였다. 그러나 그 상처는 불쾌하지 않았다. 비록 헤어지더라도 오래 소중하고 아름답게 기억될 만남이었다고 생각했다.

"잠깐이면 됩니다, 제가 아파트 입구로 갈게요, 그곳에서 만나요."

두 사람이 몇 번 만난 적이 있어서 서로 잘 아는 곳, 가로등이 있고 벤치가 있는 곳, 아파트로 들어서는 길에서도 잘 보이는, 아파트 입구와 연결되어 있는 공원 모퉁이였다. 두용이 몇 번이나 키스를 할까 말까 망설이던 곳이었고, 문화 역시 두용이 고백을 하면 어찌 거절해야하나 가슴이 두근거렸던 곳이었다. 문화가 두용을 만나기를 애써 꺼려하는 데는 이유가 있었다. 이제 자신의 마음을 애무하는 두용의 유혹을 뿌리칠 수 있는 한계에 다다랐다는 것을 스스로가 너무 잘 알고 있었기 때문이었다.

한편 채운은 부산역에 내리자 급히 택시를 잡아탔다. 그동안 아내 문화를 만나지 않고 어떻게 참아왔는지 스스로도 놀랄 지경이었다. 대한민국에서 경제적인 위치를 굳건히 하고 자리를 잡기 전에는 절대로 문화를 만나지도, 연락도 하지 않겠다고 다짐했었다. 문화가 어떤 표정을 할까, 궁금했다. 그녀 앞에 떳떳하고 자랑스러운 남편의 모습으로 나타나는 것이 채운의 간절한 소망이었고 마침내 이루어졌다. 크기에 따라 그림 한 점에 수백만 원에서 수천만 원을 호가하는 채운의 그림은 갤러리에 내걸릴 사이도 없이 팔려나갔다.

아내 문화가 살고 있는 아파트가 채운의 시야에 들어왔다. 저만치 입구가 보이고 그 옆에 공원 벤치에 흑백사진처럼 문화의 얼굴이 주위의 사물들을 흐리게 하고 분명한 명암으로 뚜렷하게 도드라져 보였다. 반가움의 눈물로 채운의 눈앞이 흐려져 사물들은 물속에 잠긴 듯 일렁거렸다. 채운이 택시에서 내려 문화를 향해 걸어가며 막 문화를 부르려는 찰나였다. 채운의 눈앞에 펼쳐진 맑고 투명한 갈릴래아 호수에 뛰어드는 불청객이 있었다. 그는 가슴에 꽃다발을 안고 채운이 그토록 그리워하고 아끼며, 그 앞에서만은 자존심을 지키고 싶은 아내, 문화를 가볍게 껴안으며 다정하게 대화를 나누는 것이었다. 문화도 그를 반갑게 맞이하며 두 사람은 벤치에 앉았다. 너무나 익숙하고 편한 연인의 모습이었다. 채운은 얼어붙은 듯 그 자리에 멈추어 섰다.

#

　소년 엘은 같은 시각, 서로 다른 장소에서 벌어지고 있는 두 개의 상황에 대해 생각해보았다.

#

　채운은 주위를 두리번거리다가 흙바닥에 버려진 과일을 깎을 때 쓰는 붉게 녹슨 칼을 발견했다. 한편으로 서울의 '6만 년의 섬' 주방에 있는 대기업 사원 수한은 미리 준비해간 독성이 강해 1cc만 섭취해도 생명을 앗아가는 치명적인 농약을 끓고 있는 미역국에 풀어버리려는 순간이었다.

#

　소년 엘은 그들 두 사람, 문화의 남편과 보라의 친구 수한은 거룩한 존재이며, 엘이 조종하는 로봇이 결코 아니라는 점에 착안했다. 그들은 나름의 인격을 가지고 있으며 스스로의 힘으로 죄를 지을 수도, 선행을 할 수도 있다. 그들은 언제나 자주적이며 소년 엘과 같은 인격체로 만들어졌다. 그러나 죄를 짓는 순간 겉껍데기는 엘과 같은 모습일지라도 본성은 변해버리고 만다. 엘은 당장은 지켜볼 수밖에 없거나, 엘이 무언가 눈에 보이지 않는 영적인 영향력을 발휘할지라도 사람들은 알 수가 없었으므로, 이런 모호해 보이는 엘(EL)의 역할에 대하여 인간들은 소년 엘의 존재여부가 인간들의 생활에는 영향이 미미할 뿐만이 아니라, 심지어 아무런 상관이 없다며 조소를 보냈다. 신은 천지의 창조주가 된 이래 오랜 기간 휴가를 즐기고 있다고도 했다. 인간의 죄를 방관하는 직무유기 상태에 빠져있다는 오해를 받았다. 그런 비아냥거림에도 소년 엘은 평소처럼 굳게 입을 닫고 채운과 수한의 행동을 가만히 지켜보기로 했다. 추수 때까지 기다려야만 한다는 것이 그동안 소년 엘(EL)이 지켜온 신념이었다.

#

　채운은 건물의 그림자 안으로 몸을 숨겼다. 그리고 주워든 칼을 들고 숨을 죽이며 한걸음 또 한걸음 그들에게 다가갔다. 이마에는 식은땀이 흘러내렸고 분노로 어금니를 꽉 깨문 입은 일그러졌다. 두 사람이 앉아 있는 벤치가 가까워지자 두런두런 두 사람이 나누는 말소리가 들려왔다. 눈에는 핏발이 섰다. 채운이 칼을 움켜잡고 그들에게 달려들려는 순간이었다.

― 미옥 아버지는 항상 제 주위에 있다는 생각이에요. 그리고 저와 미옥이를 지켜주고 계시다는 걸 믿어요, 그렇지 않았다면 전 버텨낼 수 없었을 거예요.

"아마 그러실 겁니다, 곧 만나게 되시기를 바랍니다."

— 이런 생각을 했어요, 만일 어떤 이가 그 사람이 없는 동안 저나 딸에게 잘못을 저지른다면, 나중에라도 그 사람이 나타나 절 위로하며 되갚아 줄 거라는 기대감 같은 게 있어요. 그래서 억울한 일을 당해도 웃어버릴 때가 있어요.

채운은 그 자리에 털썩 주저앉았다. 칼을 움켜쥔 손을 내려다보았다. 정신을 놓고 앉아 있는 채운의 귀에 남자의 말소리가 희미하게 들려왔다.

"문화의 남편이 부러웠어요, 그래서 제가 한 게 뭔지 알아 맞춰보세요."

이제 채운의 귀에는 아무 것도 들리지 않았다.

"저 결혼하기로 했습니다, 문화도 한번 본적이 있을 겁니다, 미스 리와, 가까이에 인연이 있었다는 걸 몰랐어요."

— 축하드려요, 저야 말로 미스 리가 너무나 부러워 몸살이 날 지경이네요.

두 사람의 나직한 말소리가 잔잔하게 밤하늘에 퍼졌다. 그 파동으로 수많은 별들이 채운의 가슴에 쏟아져내려왔다. 잠시 후 그들은 악수를 하고 헤어졌다. 문화가 가벼운 발걸음으로 아파트 입구를 향해 걸어가는 뒷모습이 보였다.

　채운은 양복에 묻은 흙먼지를 털어내고 옷매무새를 고쳤다. 채운 스스로 생각하기에 잠시나마 아내를 의심한 자신은 아직 아내를 만날 자격마저 없는 몹쓸 인간이라고 자책을 했다. 넉넉한 마음일 때에는 어떤 잘못도 포용할 아량을 가졌다가도 졸렬한 마음일 때에는 왜 화를 참지 못하고 죽일 듯이 노여워하는지, 옹졸한 자신에게 문제가 있다는 생각이었다. 채운이 아내를 의심했던 스스로를 나무라며 문화를 만나지 않기로 결심하고 돌아서서 몇 걸음을 옮겼을 찰나였다. 급히 채운의 뒤를 따라오는 구두 발자국 소리가 들렸다. 아! 익숙한 템포의, 아내 문화가 직장에서 돌아올 시간, 먼저 돌아 온 채운이 들었던, 급히 서두르는 마음이 보이듯 들려오던 바로 그 사랑스러운 발자국 소리였다. 채운은 그 자리에 얼어붙은 듯 멈추었다.

　― 혹시, 채운 당신 아니에요? 맞죠, 그렇죠?

　무지개 구름이 수많은 유리조각으로 모자이크 파편이 되어 부서져 내렸다. 그녀의 목소리는 채운에게 빛이었고 힘이 있어서 무지개구름의 분자 알갱이를 투영하여 반사했다.

　문화의 목소리는 반가움과 울음이 뒤섞였다. 마침내 절규로 바뀌었다. 채운은 숨이 막혀왔다. 문화가 달려와 채운의 목을 너무 세차게 껴안으며 매달렸기 때문이었다. 그러나 채운의 팔은 미안한 마음에 한동안 아내를 껴안지 못한 채 축 늘어져 덜렁거렸다. 발뒤꿈치를 들고 선 문화가 힘들어하며 뒤로 넘어지려 하자 그제야 채운이 그녀의 등을 감싸며 안았다. 채운이 살아오며 수 없이 안았던 바로 그 아내의 가슴이자 등이었다. 채운의 품에서 젊고 아리따운 날들을 보내고 딸 미옥을 낳고 이제 중년의 꽃이 된 아내, 채운이 몇 년을 그리움에 몸부림치던 바로 그 아내였다.

#

한편 수한은 왜 보라에게 적의를 가졌는지 스스로에게 질문을 던졌다. 수한에게는 보라를 판단할 권리가 없었다. 다만 증오의 원인이 보라에 대한 집착이었을 것으로 짐작이 될 뿐이었다. 수한은 보라와 고시원과 오피스텔에서 오랫동안 수험 기간을 함께 보내는 동안 수도 없이 그녀를 안았고 그녀의 여성을 향하여 사정을 하면서도 지금까지도 '그것은 섹스가 아니었다.'라고 스스로에게 주입시켰다. 설렘이 전혀 없는, 배가 고플 때 밥을 먹는 것과도 같은, 열정이라고는 없는 밋밋하기가 그지없는 시시한 것이었다. 그러나 이제 욕심이거나 '집착'으로 마침내 그 정체를 드러낸 보라를 향한 마음을 십자가에 높이 매달 때가 된 것 같았다.

수한은 독극물이 가득 들어있는 병의 뚜껑을 닫고 조용히 '6만년의 섬'을 나왔다. 그 후로 부족 사람들 가운데 그 누구도 수한을 본 사람은 없었는데 오직 소년 엘만이 그와 계속 연락을 주고받는다는 소문이 떠돌았다. 그는 소년 엘의 뜻에

전적으로 의지했고 모든 고민과 걱정과 아픔을 송두리째 소년 엘에게 맡기기로 했다는 것이었다. 그러나 가끔 휴가를 떠나 버린 듯 무심해 보이는 엘이 과연 그를 잘 돌보아줄 수 있을지 의심의 눈초리를 보내는 자들도 있었다.

졸혼卒婚

─ 행운일지도 몰라, 우리 사이에 아기가 없다는 건, 언제든 졸업할 수가 있잖아요?

냉동보관 난자가 천재지변에 가까운 사고로 인해 모두 무용지물이 되었고 보라는 상식적으로는 충분해 보이는 보상을 받았다. 그러나 보라가 죽음보다 깊은 절망에 빠졌지만 티를 내지 않으려고 안간힘으로 버티었다는 것을 희수가 알아차린 것은 그녀로부터 뜻밖의 제안을 받을 무렵이었다.

─ '부모'는 두 사람, 아빠와 엄마가 있을 경우에만 성립이 돼요, 한 사람만으로는 부모가 될 수가 없다는 말이야, 아이에게는 엄마와 아빠 모두가 필요해. 하지만 우리는 이런 것에 구애받을 필요가 없다는 거야.

그녀는 아무리 생각해보아도 불운이라고밖에 볼 수 없는 운명에 반기를 들었다. 보라는 의사 희수와 지금처럼 법적인 결혼 관계를 유지하되 희수와 떨어져 각자 살아가기를 원했다.

이종희

그녀는 그런 상태를 '졸업'이라는 말로 표현했다. 이혼이나 별거와도 다른 의미였다. 애정이 식지 않았으므로 이혼처럼 완전한 헤어짐도, 서로 등을 돌린 채 살아가는 별거도 아니었다.

― 그리고는 동창회를 하듯 만나는 거예요, 서로 원하는 시간과 장소에서 말이야.

학적부와도 같은 혼인관계증명서에는 보라와 희수가 부부라는 기록이 영원히 남아있을 것이라며, 보라는 희수를 안심시키려는 태도를 보였다. 유사 이래 처음 발생한 강도 7의 지진에 이은 화재는 난자 냉동보관시스템을 무력화 시키고 말았다. 화재사건은 보라의 심경에 일대 변화를 몰고 왔다. 보라가 묻어두었던 결혼에 관한 의혹―결혼이 행복이나 불행의 조건일지도 모른다는―을 끄집어내어 다시 살펴보는 계기가 되고 말았다. 행복하기 위해 시간과 정열을 투자해서 만든 결혼은 간혹 그 효율이 떨어지는 경우가 있었는데, 이럴 경우 보라는 결혼이 행복보다는 쾌락을 목적으로 한 시도가 아니었는지, 오히려 결혼으로 인해 불행하게 된 것은 아닌지, 이유가 있는 의심을 해보는 것이었다. 사실 냉동보관난자가 훼손되고 만 것과 결혼은 아무 상관관계가 없었다. 그러나 부부사이에 좋지 않은 일이 발생할 때마다 결혼했다는 사실이나 상황은 도마 위에 오르는 한 마리 물고기처럼 회로 난도질 될 운명에 빠져버리는 경우가 종종 발생했다. 혹시나 결혼이 행복을 위하여 효율적이지 않거나 미흡할지도 모른다는 의심이었다. 그러나 '결혼'은 죄가 없었으며 오히려 인간이 죄로 물들었음에도 인간이 수천 년간 이어온 혼인제도는 억울한 누명을 쓰고 사약을 받는 경우가 종종 발생했다.

— 인간은 원래부터 외로운 거였어요.

보라는 불행이 비록 결혼 때문은 아니었을지라도, 행복하기로 예정되어있는 스스로에게 아무 사전 통보도 없이 닥쳐온, 이해할 수 없는 불행의 원인을 알고 싶어 했다.

— 우리는 헤어지는 것도 아니고, 서로 미워하지도 않아요, 다만 행복하기 위해 마련한 결혼시스템의 효율을 높이기 위하여 떨어져 지내는 거예요. 약간의 변화를 주는 거죠.

그것은 외로움으로의 회귀 같았다. 보라는 이미 체념한 듯 듣기만 하고 있는 희수를 향해 다시 힘주어 말했다.

— 어쨌든 지금 희수씨와 나는 우리가 처음 만났던 때만큼 행복하지 않다는 걸 인정해야 될 거예요. 외롭다는 게 반드시 또는 항상 나쁜 걸까요?

불행의 원인은 두 사람의 극적인 만남과 결혼 때문이 아니라, 냉동난자가 훼손되어버린 사고의 충격으로 보라가 이성을 잃고 말았고, 이럴 때일수록 내부의 적을 무찔러서 난관을 극복해 나가야 한다고 희수가 끊임없이 보라를 설득하는 것마저도 이제 더 이상 의미가 없다는 것에 대해 희수는 마지막으로 반기를 들고 싶었다. 보라는 돌이킬 수 없을 만큼 단호함을 보였고, 아이를 가질 수 없게 된 상황을 원망하는 마음을 감춘 채, 이 모든 불행을 일시에 털어내기 위해 비교적 손쉬운 방법을 생각해 낸듯했다. 그리고 강한 의지로 실천에 옮기려는 것이었다. 희수가 보기에 보라는 너무나 감정에 사로잡혀 있었다.

- 달라지는 건 없어요, 우리는 다만 떨어져 지내는 거예요.

그러나 보라의 말과는 달리 그녀는 이미 달라져 딴 사람처럼 생각하고 행동했다. 보라가 희수의 얼굴 쪽을 바라보는 듯했지만 그와 눈을 마주치지는 않는 것으로 보아, 그녀는 속마음을 숨기고 있거나 분노하며, 스스로도 자신의 행동에 대해 이해하지 못하고 있는 것 같았다. 오히려 실망스런 상황에 복수하기 위하여 어떤 일이건 벌여서 잔뜩 화가 나있다는 것을 알리려는 사람처럼 행동했다. 보라로서도 희수와의 결혼이 잘못되었다는 확신마저 없었다. 이리하여 결혼은 변덕스러운 인간에 의해서, 또는 이성적이며 합리적인 사람일지라도 상황의 변화를 이기지 못하여, 아주 사랑하는 사이에서도 깨어지기 쉬운 유리잔 같은 것이었다. 보라가 홧김에 지나가는 강아지를 발로 걷어차듯 말했다.

― 그러나 만나고 싶을 때 언제든 만날 수 있어요. 그런 표정을 지을 건 없어요, 하고 싶은 일을 마음껏 해보며 지낼 수도 있어요, 서로 구속하지 않는 거예요, 그리고 잠을 자고 싶지 않을 때, 밥을 먹고 싶지 않을 때, 섹스를 원하지 않을 땐 하지 않을 수도 있어요.

정열과 욕정의 호르몬은, 두 사람이 하루에도 몇 번씩, 심지어는 식탁에 앉아 밥을 먹다가도 침대로 달려가던 결혼 초기에 예상했던 것과는 비교도 할 수 없을 정도로 빨리 수명을 다해버렸다. '열정'이라는 자랑스러운 등번호를 부착한, 호들갑스러워 사람들을 쉽게 호도하는 능력을 가진 달리기 주자도 언제까지나 지치지 않고 달릴 수는 없었다. 이제 '용서나 평화'라는 주자가 그 뒤를 이어 달리기를 할 차례였다. 그러나 보라는 이어달리기 바통baton을 손에서 놓쳐버린 올림픽 국가대표 이어달리기선수만큼이나 당황하며 절망에 빠져, 스스로가 처한 상황을 용서하지 못함으로써 인생의 트랙에서 쫓겨나듯 또 한 번 고립을 선택하려고 했다. 비참해진 처지를 미워하고, 그 다음으로는 스스로를 고립시키는 악순환을 되풀이 하려는 것이었다.

― 이젠 인공수정도 할 수 없게 되어버렸어요, 하지만 이것만은 분명히 해두고 싶어요, 난 분명히 당신을 사랑했어요. 아기를 갖는 건 그 다음 문제였죠, 아기를 가질 수 없게 되었기

때문에 졸업을 하는 게 아니라는 말이에요.

 희수는 갑자기 그녀에게 찾아온 불행을 감당하지 못해서일 거라고 짐작했다. 그리고 한 가지 희수가 보라에게 미리 말하지 않은 것이 있었다. 희수가 빼돌려 은밀하게 보관해 두었던 보라의 난자와 희수의 정자로 인공수정해서 이미 시험관에서 무럭무럭 자라고 있는 태아에 대하여 언제 보라에게 말을 꺼내야 할지 생각하는 중이었다.

— 이리와요, 우린 한동안 만나지 못할 수도 있어요, 이사를 하고 짐을 정리하려면 바빠질 거예요.

 보라는 희수가 다가가기도 전에 침대 시트의 구겨진 부분을 손바닥으로 쓱쓱 문질러 폈다. 아기를 낳아 본적이 없는 보라의 도자기처럼 매끄럽고, 우유 빛깔의 눈부시게 아름다운 몸은 아직도 희망이 있어 보였다. 희수는 그녀의 팔을 베고 겨드랑이와 가슴에 얼굴을 묻었다.
 그녀의 죄와 병은 겉으로 드러나 보이지가 않았다. 희수는 보라의 살갗을 투영하여 내장과 그 속에 감추어진 슬픈 마음을 보려고 했다. 다만 그녀의 마음이 너무나 똑똑한 영상으로 들려왔다. 그 마음속에는 여러 인간들이 살고 있었다. 보라와의 만남을 피해온 아버지, 국민 배우로 자신의 일에 빠져 보라를 돌보지 않았던 어머니, 그밖에도 그녀를 아프게 했던 수많은 인간들이 우글거렸다. 그것은 바로 '관계'라는 행복 또는 불행의 조건으로, 마치 핵처럼 응어리진 채로 보라의 마음 한 구석에 자리를 잡아 의식을 지배했다. 그러나 인간人間으로 살아가기 위하여, 비록 원수이며 악마일지언정 곁에 상황으로 존재하는 또 다른 인간이 필요하다는 것이 희수의 생각이었다. 그리고 '용서'라는 전가의 보도를 휘둘러 '원수와 비참한 처지'마저도 감사하여 행복으로 바꾸는 것이 바로 인류라는 거룩한 생명체였다. 희수는 보라의 내면과 대화를 시도해보기로 했다.

— 넌 어디로 가려는 거야?

(원수 같은 인간과 비참에 빠진 처지를 피할 수 있는 곳이면 어디든.)

희수가 보라의 마음을 더 자세히 들여다보기 위해 그녀의 가슴을 파고들자 보라가 그의 머리를 안고 이마에 키스했다. 희수는 그녀의 보이지 않는 무의식을 회유하려고 애를 썼다.

— 미워한다고 해결이 되는 건 아닐지도 몰라.

(아무도, 아무 것도 없는 곳으로 가고 싶어.)

— 용서하는 건 어때? 원수 같은 사람들과 원망스러운 처지를 말이야?

희수는 보리의 유두를 입으로 물었다. 그녀가 두 다리로 희수의 몸통을 감았을 때 희수의 가슴에 보라의 둔덕이 닿으며 따스하고 미끈거리는 습기가 느껴졌다. 보라의 무의식이 희수의 다음 질문을 기다렸는데 희수가 보라의 소나기 숲속 여닫이문에 노크를 할 무렵이었다. 보라의 무의식이 거의 솔직하게 심경을 털어놓았다.

(당신과 떨어져 지내는 게 어떨지 생각해보았어요, 사실은 두려웠어요. 내가 무슨 말을 하던지 당신은 절대로 나와 헤어질 수 없다고 할 거죠? 절대로, 잠시라도 떨어져 지낼 수 없다고 할 거죠? 그럴 거라 믿어요.)

희수는 호스트로서 안았던 여자들과 보라의 몸이 다르게 반응하는 것을 알았다. 의무적이거나 욕정만을 채우기 위한 몸은 굳어있기 마련이었다. 그러나 보라는 물처럼 부드러웠다. 희수는 물위를 기어갔지만 가라앉지 않았다. 물속을 들여다보았다. 깊은 바다의 숨결과 출렁임 그리고 내음이 다가와 희수를 감쌌다. '6만년의 섬' 부근이었고 물속에는 삶에 적응한 포유류들, 물고기들이 우글거린다. 그들은 모두 은화를 입에 물고 은혜롭게 살아갔으며, 살아있으며, 살아간다는 것이 기적이라는 것을 어렴풋이 짐작하는 것 같았지만, 그런 사실을 알게 되는 때는, 몇 번의 거센 폭풍우와 도저히 이겨낼 수 없을 것만 같은 풍랑이 지나고 바다가 마침내 잠잠해질 무렵에서야 가능한 일이었다.

(난 아무도, 아무것도 용서하지 않았어요.)

　희수는 보라의 염수에 녹아버렸다. 바다는 은은한 잔향과 소음으로 흔들렸다. 그리고 희수가 들은 것은 아마도 새로운 생명이 들을 수 있는 태반음이었다.

만찬을 위한 부족

부족장 준석과 미옥이 물통을 메고 건물 안으로 들어갔다. 물동이는 두 사람이 서로 힘을 합하여 겨우 들 수 있을 만큼 무거워 보이는 생수 통이었다.

이 지역은 원룸과 고시촌이 밀집해있는 지역으로 1인 가구 수가 다른 지역보다 높은 비율을 나타내는 곳이었다. 소로를 따라 다닥다닥 붙은 집들이 밀집해 있는 가운데 제법 규모를 갖춘 3층짜리 수학교습소 건물이 자리를 잡고 있다. 건물의 2층, 제법 넓은 공간에는 주방이 마련되어 있고 여러 사람이 둘러 앉아 식사를 할 수 있는 길고 커다란 식탁이 놓여있다. 원래 1층의 수학교습소 한 쪽에 있던 좁은 주방을 확장해서 2층에 주방과 여러 사람이 편하게 앉기에 넉넉한 식탁을 새로 마련했다. 젊은 원장 준석을 포함하여 현재 11명이 함께 모여 매일 저녁을 먹는 모임을 운영하고 있다는 소식은 주위에 널리 퍼져있다. 그리고 이상한 소년, 그의 이름은 '엘'이었는데, 그는 얼마 전까지 건물의 청소도 하고 헌신적으로 식구들을 돌보아주다가 최근에 모든 것을 원장 준석에게 맡기고 떠났다고 했다.

내 이름은 '마티아'로 수학교습소건물 인근에 있는 대학 재학생들 가운데 가장 보편적인 인간들을 대표하여 이 만찬모임에 참여하겠다는 지원서를 이미 제출하였고, 지원한 또 한사람 '요셉'이 있었는데, 오늘 11명의 기존 회원들이 제비뽑기를 하여 나와 요셉 중 한사람을 최종적으로 선발하기로 되어 있었다. 기존 구성원의 이름은 이미 SNS를 통해 잘 알려져 있었다. 그들은 베드로, 요한, 야고보, 안드레아, 필립보, 토마, 바르톨로메오, 마태오, 알패오의 아들 야고보, 혁명당원 시몬, 야고보의 아들 유다였다. (사도행전 1.13)

이곳의 이층은 얼마 전, 단지 이천년 전에 최후의 만찬이 있었던 곳이었고, 그 후에도 보편적인 사람들이 모여 식사를 했다. 그리고 오늘처럼 제비를 뽑아 새로운 회원을 선발하여 결원을 보충한다.

나는 지난번 처음 응모에서 보기 좋게 떨어진 기억을 가지고 있다. 부족의 사람들이 입을 모아 부족장 준석에게 물었다.

― 누가 뽑혔는지 발표해 주십시오. 요셉인가요, 아니면 마티아입니까?

수탉 문장을 가슴에 아로 새긴 부족의 족장, 준석 베드로가 물위를 걸어가며 말했다.

― 보편적 인간, 바로 당신입니다.

(은화 물고기 마지막 페이지)

은화를 입에 문 물고기

글 / 이종희

2017년 7월 1일 초판 발행

펴낸이 / 李東롯

펴낸 이 / 도서출판 레마

주소 / 대구광역시 수성구 만촌동 충의로6길 50

lourdes7881@catholic.or.kr

출판등록(신고) / 제 2014-000028호

ISBN(종이책) / 979-11-87198-12-3 (03810)

정가 16,500원(종이책)

정가 12,950원(전자책)EPUB & PDF

ISBN(전자책EPUB) / 979-11-87198-13-0 (05810)

ISBN(전자책PDF) / 979-11-87198-14-7 (05810)

국립중앙도서관 출판예정도서목록(CIP)

```
은화를 입에 문 물고기 : 李鍾熙 장편소설 / 글: 이종희. --
대구 : 레마, 2017
     p. ;   cm

 ISBN  979-11-87198-12-3 03810 : ₩16500

한국 현대 소설[韓國現代小說]

813.7-KDC6
895.735-DDC23                          CIP2017012882
```

이종희 장편소설 목록 eBOOK동시출간

ISBN 979-11-87198-03-1
정가18,500원 장편소설
전자책 동시출간
ISBN 979-11-87198-05-5
ISBN 979-11-87198-04-8
　　　　(EPUB&PDF)

ISBN 979-11-87198-06-2
　　정가 18,500원
장편소설 전자책 동시 출간
ISBN 979-11-87198-08-6
ISBN 979-11-87198-07-9
　　　(EPUB&PDF)

ISBN 979-11-953896-7-4
정가 13,900원
장편소설 전자책 동시 출간
ISBN 979-11-953896-9-8
ISBN 979-11-953896-8-1
(EPUB&PDF)

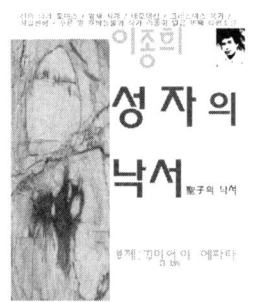

ISBN 979-11-87198-09-3
정가 18,500원
장편소설
전자책 동시출간
ISBN 979-11-87198-10-9
ISBN 979-11-87198-11-6
(EPUB&PDF)

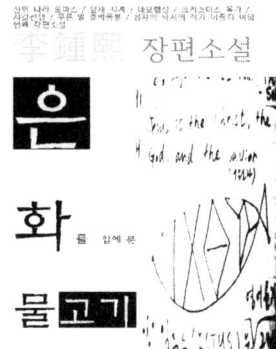

ISBN 979-11-87198-12-3
정가 16,500원 장편소설
전자책 동시 출간
ISBN 979-11-87198-13-0
ISBN 979-11-87198-14-7
(EPUB&PDF)

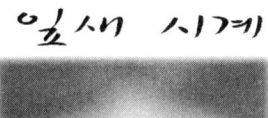
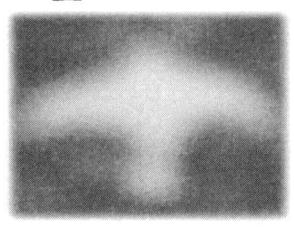

ISBN 979-11-87198-00-0
정가 18,500원
장편소설 전자책 동시 출간
ISBN 979-11-87198-02-4
ISBN 979-11-87198-01-7
(EPUB&PDF)